あの事件を乗り越えて今がある

高志と佳世の歩み

新月 成
SHINGETSU Naru

文芸社

目次

あの事件を乗り越えて今がある

高志と佳世の歩み

喧騒の日常

宇治市の東部に萬福寺《まんぷくじ》という黄檗宗《おうばくしゅう》の大本山がある。七堂伽藍《しちどうがらん》を配し、二十院もの塔頭《たっちゅう》に囲まれ、まるで城郭のような威容を誇っている。

今日は二〇〇八年四月二日、水曜日。熱量豊かなオレンジ色の朝の陽光が燦々と堂宇に降り注いでいた。

今し方、この門前町である万福寺町に住まいする栗原高志《くりはらたかし》は、坂の上高校の始業式に出席するため、気持ちを昂らせ自転車に飛び乗った。目指す学校は峰々が五つ連なる五雲峰の丘陵地に建っている。道幅が狭くて、しかもうねうねした街中の上り坂を、二十分間自転車を漕がなければならない。学校が好きな高志にとってはそんなことぐらい何のその、体を左右に揺すぶり、顎を上向かせ、まるで鼻歌でも口ずさんでいるような風体で自転車を漕いでいる。今日の始業式を待ちかねていた、と浮き浮きする内面の心理を如実に表していた。

式の始まる一時間前に校門に到着し、自転車を押して校内の急坂を上り始めた。京都府立校として立派な校名がありながら、坂の上高校と呼ばれるようになった所以の坂である。両脇に桜の大木が植わっていて、青空の下で薄いピンクの花を満開に咲かせている。差し込む木洩れ日が高志の紺のブレザーに斑点模様を描いた。

職員室の隣にある駐輪場に乗ってきた自転車のスタンドを立てた。鼻筋を伝って滑り落ちてくる大粒の汗を、白いハンカチで首筋まで丁寧に拭った。やや足を広げ腰のベルトを緩め、カッターシャツの裾を両手で腹に巻き付けるようにズボンの中にしまいこんだ。身嗜みを整えるとバックパックを背負い、足早に廊下の壁に貼り出してある各学年のクラス分けを確認しに行った。

クラス分けは出会いと別れ。新たに迎える友に期待してワクワクする反面、一年時に入学の喜びを分かち合った友と、惜別しなければならない淋しさがある。

二年一組に栗原高志の名が記載してあった。一年時に同クラスだった木村佳世《きむらかよ》は三組になっていた。

一組と三組に分かれたか、と残念そうに尖がった顋を親指と人差し指の腹でしごいて顰め面をした。佳世とは保育園、幼稚園、小中学校そして高校一年生まで、十四年間を共にしてきた仲だ。

徐々に、クラス分けを確認しに来る生徒が増え、周囲がざわざわしてきた。心の内を派手に表すのは女子である。ソプラノに裏返った声が鼓膜に響いた。

「サーちゃん、一緒の組や、よかったなあ」

「よかった、よかった、キクちゃんと一緒や」と、肩を抱きあって飛び跳ね、くるくる回転し狂喜していた。

大袈裟な女子の振る舞いに比べて男子は「やあ！」とか「おおっ！」とか短い挨拶を交わすか、手を伸ばして握手するかで心の内を表していた。

高志はクラス分けを確認した後、これから一年間を過ごす二年一組はどんな教室なのか、覗きに行こうとして二棟校舎に渡る廊下に足を運んだところで後ろから声が掛かった。

「おい！　栗原」

一年時にクラスメイトだった琢磨《たくま》が息の臭いがする位置まで体を寄せてきて、肘で腹を突き、「別々になったなあー」と、意味ありげにニヤッと相好を崩した。傍にいた女子が、「分かれるのもいいもんや、思いが募るわ。なあ高志?」と、反応を誘うようにケラケラ笑った。

高志と佳世の並々ならぬ仲の良さは同期生に知れ渡っていた。

始業時間を告げるチャイムが鳴り始めた。

ドタドタと音を立て、ハーハー息せき駆け込んできた女子がいた。

吹きだした汗を柄物のハンカチで拭いながら、けたたましく声を張り上げた。

「ちょっと、ちょっと、うち何組や!」

ブレザーのボタンを留めることができないほどお腹が出っ張っている。プリーツスカートのベルトに肥肉が被さっている。黒いタイツで太い脚を締めて細く見せている。

「佳世!　一大事や、あんたは三組で彼氏は一組や。どうする」

「彼氏はモテるので目を離したら虫がつくわ。知らんで」

佳世は二重顎を突き出して丸っこい目でクラス分け表を食い入るように見つめ確認した。お腹が出っ張っていて胴体が大きいことばかり目に付くが小ぶりで愛らしい顔立ちをしている。

「どうすると言われても、まあええやんか、なるようになるわ」と、はぐらかした。みんなが期待しているようなことは起こらないよ、と自信たっぷり答えたのと同じだった。

佳世が登校してくるのを待っていた高志は磁石で吸引されるように近寄っていった。

「クラスが分かれたので先に授業が終わった方は駐輪場で待つことにしようか。これまで通り一緒に帰ろう」

「呆れた。この二人もう帰る待ち合わせ場所の相談してるわ」

「引き離されても心は繋がってるねん」

「心とは違う別のところで」

「そうか。あそこでな……」

「あっ、先生が職員室からぞろぞろ出て来る。式が始まる」

クラス分け表の前の廊下でたむろし騒いでいた女子は、制服のプリーツスカートの裾を翻し、旋風が移動するように廊下を走っていった。男子も釣られて急ぎ足で向かった。

始業式は体育館で行われる。

「整列」

面立ちが、くまのプーさん似なので、プー先生として在校生に馴染んでいる教頭が、ハンドマイクを使って、思い思いに散らばっている生徒を甲高い声で中央に招集した。

新入生は教頭に向かって右側に、高志と佳世ら二年生は真ん中、三年生は左側に、それぞれ隊列を組んで並んだ。ステージ上の貴賓席には紅白の幕を背にして学校関係者や来賓者がパイプ椅子に座った。

うんざりするほど長い来賓者の祝辞の後に、生徒会長が張りのある声で、前日に入学式を終えたばかりの新入生を迎える歓迎の挨拶をした。それに応えて新入生代表が初々しい声で高校生活への期待を述べた。やたら「先輩のご指導の下に」「先輩を見習って」とへりくだっていた。

佳世は入学した当時を思い出して心が疼いた。

私がこの高校に入学したのは高志が選んだので追随しただけや。両親にも相談せず一人で決めた。高校に進学しても家の用事を一切合切引き受けていかなければならないので、勉強やクラブ活動に専念できないのは分かり切っていた。一年生時は成績が悪いのを境遇の所為《せい》にしてきたけど、本当は勉強嫌いをごまかすためやった。今日から二年生になったんや。もうそんなことは言うてられへん。これまでのサボり癖を反省して、心機一転大学進学を目指して勉強に励むからな。新入生の中にも私と同じような境遇の生徒がいるはずや。応援するので頑張りや。私も頑張るからな。

高志は勉強に専念できる恵まれた家庭で勉学にいそしみ、一年生時の成績は学年トップやった。二年生になったので、大学受験の足場固めをするつもりで張り切っていると思う。

成績が抜きん出て優秀な彼と、落ちこぼれている彼女。繊細でやや陰気なところがある彼と、ヒマワリのような陽気が取り柄の彼女。体形が華奢でひょろひょろとした彼と、肥満体で肉の塊のような彼女。性格も気が弱くて常に誰かを頼りにしている彼と、気が強くて人を牽引していくタイプの彼女。何もかもが相反する高志と佳世だが、周囲がやっかむほど仲が良い。本人たちは幼馴染を理由にして仲を説明しているが、本当は欠けている部分をカバーし合って、共存共栄を図る相関関係にあるのだと周辺の大人は理解している。

始業式を終え、高志は二年一組の教室に入った。

ホームルーム担任の先生が挨拶を終えると思い思いの席に座っていた生徒全員を立ち上がらせ教室の後方に下がらせた。そして、名簿を見ながらあいうえお順に名前を読み上げていった。呼ばれた生徒は「はい」と返事して窓際の前の席から順々に着席していった。一年間過ごす席が決まると、きょときょと前後左右を見回している生徒がいれば、律儀に挨拶している生徒や、冗談を飛ばしている生徒もいる。それぞれの落ち着き方があるようだ。

するとと担任がこんな注意をした。

「この教室で一年間勉強します。汚さないように、それから壊さないようにしてください」

女子が首を捻ってやんちゃっぽい男子に眼差しを送り、クスッと笑った。

「それでは、あいうえお順に起立し自己紹介してください」

高志の順番は真ん中ぐらいであった。

立ち上がると生真面目に、端的に、「栗原高志です。これといった趣味はありません。大学進学を目指して勉学に励みます」、と宣誓するように高らかに述べて着席した。クラスメイトからヤジはなく拍手のみであった。高志が優秀であることは知れ渡っていた。茶化す隙を与えなかったのかもしれない。二年生になって初めて高志と同クラスになった生徒は、こいつが秀才で通っている栗原か、賢そうな顔しとるわ、と羨望し一目置いた眼差しで窺っていた。

もう一人、同じような扱いを受けた男子生徒がいた。服部興起《はっとりこうき》君だ。この二人は別格と認めた感があった。

二年三組の佳世のクラスでも自己紹介が行われていた。

佳世が起立したとたん、何かやってくれるだろうと期待して、皆がざわめいた。

「二年生になりますので将来を考えて体形をモデルさんのようにしなやかにほっそり作り変えます。ウエストのくびれもはっきり見えるようにします。大根足をバレリーナと同じように細く整えます。男っぽい短髪を女の子らしくロングにして縦巻きにカールさせ金色に染めます。それから……」

やんちゃ風な三人が示し合わせたように机をバンバン叩いた。それ以上喋ることを許さなかった。さらにヤジを飛ばして囃し立てた。

「できもせんことを言うな。弁当食べて、サンドイッチ食べて、コーラがぶがぶ飲んで、何がモデルさん体形になるや」

「勉強の目標はないのか、ここは芸能事務所ではないぞ、学校だぞ」

「午後の一時限目に居眠りしているやろ。先生に失礼だぞ」

佳世は大袈裟に両手を耳に当て静まるのを待った。それから両目をこすった。

「シクシク。みんなが虐めるので、ストレスでこんな体形になりました。どうしてくれはるのどす。文部大臣に訴えます……え」

芸舞妓さんがよく使う京言葉を真似て「……え」に力を入れ、体を捻ってなまめかしい仕草をした。教室全体が爆笑し窓ガラスがビリビリ振動した。期待に応えたことを確認して、よいしょと掛け声を掛けドスンと座った。椅子を前後に揺すって軋ませ爆笑の余韻を引きずらせた。

自己紹介が終わるとクラス別に記念写真の撮影と健康診断が行われた。

それから、災害時を想定した緊急放送が流れ、サイレンを鳴らして避難訓練が行われた。生徒たちはお祭りに行くような感覚で賑やかにグラウンドに集合した。揃った組順に点呼が行われた。ホームルーム担任が「○年○組異常ありません。全員無事です」とプー教頭に報告した。一学年で七組あるから全校生徒の点呼報告に時間が掛かった。形式ばった点呼に暇を持て余した生徒たちは、体重を右足左足と乗せ替えて、腕を前や後ろに組み替えて、終了するのを待っていた。そのうちに辛抱できなくなって、あちこちで話し声がするようになった。「鉄人28号白昼の残月」や「蟲師」などアニメの粗筋を喋ることで乱れがちな列をかろうじて維持していた。

点呼報告が終わるのを待って、プー教頭は再びハンドマイクを握った。

「今日は避難訓練です。実際の災害のときは今日のような緊迫感のない行動や私語を慎み迅速に対応してください。特に日頃慣れていない理科教室や音楽教室、家庭科教室など特別教室で授業を受けているときに、災害が発生した場合を想定して、日頃から避難順路を頭に入れておいてください。それでは解散！」

全校生徒八百人は、一旦各教室に散って、ホームルーム担任から明日以降の授業プログラムが記載された冊子を受け取った。こうして新年度の始業式は定めにのっとって滞りなく終わった。

高志と佳世は約束した通り駐輪場で待ち合わせた。狭い住宅街の抜け道を万福寺町に向かって自転車を押して歩き始めた。高志が前で佳世が後ろと並びは決まっている。家庭や学校の出来事を喋りながら楽しそうに帰る。

佳世が高志の背に呼び掛けた。

「三組に、校則すれすれの柄物のカッターシャツ着て髪を五分刈りにしているやんちゃが三人おる。ちょっとしたことで騒ぎ立てよる。一組はどうや」

「いるけど、どこの組にもそんな奴おるからな。気になるほどではない」

「私な、ダンスクラブに入ろうかなあーと思ってるけど」

「まじか。好きにしたらええけど」

「ちょっと言うてみただけ。実際は家の用事に追いまくられているのでクラブ活動する時間ないわ」

「茶道部に入ったらええねん」

「それは嫌味か！　家の用事に追われてクラブ活動する時間ないって言うたやろ」

「正座できひんねんやろ」

「できるわ」

「足が圧し潰されるな」

「耐えられるように太くできてるで」

「自己紹介のとき、将来モデルになると言ったそうやなあ」

「誰が告げ口したんや。私は、みんなの期待に応えんとあかんねん。教室の雰囲気をワーッと沸騰させ、明るくするのが役目や。学業には誰も期待してへん。目立ちたがりに見えるけど実際は裏方の人間や」

「演じんでも、佳世が姿を現すだけで周囲がパーッと明るくなる。得難い性分や」

「そんな風に言ってくれるのは高志だけや。他の人は何か面白いことをさせようとちょっかい出してくる」

「関心持たれているのは幸せやで。無視されたらどんだけ辛いか」

「高志に言われると煽てられているようには思えへん」

「佳世、ここから道が狭くなるので気ぃつけんとあかんで」

「へい」

「佳世はお調子もんやな。直ぐに乗ってくる」

「放っといて」

万福寺町の古い街中に、整然と区割りされた同規格の新興住宅が、といっても十八年経つのだが、十軒ずつ三列並んで建っている。高志と佳世はそこに住んでいる。周辺には漆喰の塗屋《ぬりや》造《づくり》の酒屋や、中二階に虫籠窓《むしこまど》のある駄菓子屋が残っている。高志と佳世は新旧混在した環境の中で生まれ育った。

「それじゃあ、バイバイ」

「また明日、バイバイ」

二人は高校二年生の初登校日を終えた。

*

高志と佳世は登校スタイルもかなり違っている。

高志は朝五時半に起床してトイレと洗面を済ませ食卓の前に座る。中二の妹志乃《しの》と一緒に父親の高雄《たかお》が用意した、こんがり焼いた五枚切りのトースト、焼き立てのスクランブルエッグ、胡麻ドレッシングをかけたサニーレタス、バナナ一本、マグカップ一杯の牛乳、という朝食を「いただきます」と合掌してから食べる。食事を済ますと「ごちそうさまでした」と感謝の言葉を発し洗面所に向かう。礼儀を重んじる習慣は身に浸透している。歯磨きを終え食卓に戻ると卓上に高雄手作りの弁当が二つ並んでいる。感謝の気持ちを表すため、通学用のバックパックに収める際、上半身を前に傾けてお辞儀する。その頃になってやっと母の美鈴《みすず》が、二階の寝室からパジャマの上にガウンを羽織り、寝起きのぼんやりした顔つきで姿を現す。階段の手すりに掴まり、体を左右に揺らし、ゆっくり下りてくる。高雄は美鈴の朝食もちゃんと用意している。高志は七時二十分に家を出る。前日に時間割を見て教科書など教材はすでにバックパックに収まっている。近くの化学工場で工程管理の職員としてマイカー通勤している高雄もほぼ同時刻に家を出る。高志が通学に使っている自転車は、通称チャリンコと呼ばれるシティサイクルである。ピカピカに磨かれているものの古いので、ペダルを漕ぐ度チェーンの擦れる音がする、サドルのバネも軋む。右手に萌黄色に染まった五雲峰の山嶺を見ながら気分良く学校に到着する。校門で服装チェックをしている当番の先生に、「おはよう、今日も早いな」と声を掛けてもらう。四季の移ろいに従って変容する桜の大木を観察しながらゆっくり坂を上がる。始業時間は八時半だから廊下もゆっくり歩いて二棟校舎の二年一組の教室に入る。一年の時からこの時間は変わらない。大概一番乗りだ。一時限目の教科担任が姿を現すまで、教科書を広げ予習しながら静かに待つ。ゆったりと流れる時間が勉強する環境を整える。

一方、佳世の朝は大変忙しい。朝六時に目覚ましが鳴る。三分後にもう一度鳴る。観念したように、「ええぃ」とベッドの掛け布団を太い足で跳ねのける。目を擦りながら階下に下りる。

パジャマ姿のままで洗面室に向かい、洗濯機に洗剤を入れてスイッチをＯＮにする。昨晩風呂に入った際、脱ぎ捨てた衣類が手荒く放り込んである。それから台所に立って、菓子パンをもぐもぐ咀嚼しながら妹と父の朝食の用意をする。ケトルがピーッと音を鳴らしたところで、二階で寝ている小四の妹の紗世《さよ》を叩き起こしに行く。さらに隣の部屋に入って父の純雄《すみお》を起こす。「起きろ！」と、金切り声を上げても聞こえない振りをして寝ている。声を掛けるのは一度だけで、後は放っておく。一階に下りると、五枚切りの食パンがチーンとトースターから飛び出した。

「はい、紗世、自分でバター塗ってさっさと食べや。バナナと牛乳を残したらあかんで。大きくなれへんで」

朝の時間は経つのが速い。食事を終えた紗世の手を引っ張って洗面所に連れていく。歯磨きと用足しを終えて着替えさせる。ランドセルの中を覗いて、忘れ物がないか調べ、集団登校の集合場所になっている町内の集会所に連れていく。それから駆け足で家に戻り、洗濯機から洗濯物を取り出してベランダに干す。歯を磨き洗顔して教科書を整え制服に着替える。お父《と》んはまだ起きてこないので、食卓にパンと牛乳とバナナ一本を置いて放っておく。お母《か》んは深夜に帰ってきたようだが、家で食事はしないし、朝は九時頃まで三階の部屋に設けた豪華な天蓋付きダブルベッドで女王様のように眠っている。母も放置しておく。用事がある場合は食卓の上に置手紙をしたためておく。もう久しく直接会話をしていない。佳世が家を出るのは八時十分。学校を目指して上りの坂道を腕時計の分針を睨みながら必死に自転車のペダルを漕ぐ。始業時間の八時三十分ぎりぎりに校門に到達する。服装チェック当番の先生が、「走れ」と叱咤する。「はい」と元気よく答えて駐輪場まで自転車を押して駆け上がる。バックパックを背負い、階段を勢いよく駆け上がる。カランカラン、とチャイムが鳴り終わると同時に教室の入り口に立つ。

そして引き戸を勢いよく開け、右手を挙げて朝の挨拶をする。

「ピンポーン、ピンポーン。グッドモーニング」

「セーフ、セーフ」

クラスメイトが囃す。

二年三組は人気役者の佳世を迎えて慌ただしく授業が始まる。

＊

今日は生徒会主催の新入生歓迎クラブ紹介が放課後に体育館で行われた。当たり前かもしれないが一年生はほぼ全員参加した。二年生はクラブ関係者含めて全体の三分の二が参加、三年生は大学センター試験を控えて退部した者が多く三割方の参加に留まった。

高志と佳世はクラブ活動をしていないので出席しなかった。授業が終わると縦列になって自転車を押して自宅に向かって歩き始めた。二人の下校時の様子は仲良しカップルが心の根を絡ませる時間といって良かった。

「高志、なんでクラブに入らへんの」

「どのクラブにも興味がないことにしている」

「変な言い方するなあ」

「本当は経済的な理由や。僕とこはお父さんの安月給でギリギリの生活をしているんや。子供を大学に行かせるために郵便局の学資保険に妹の分も入れたら月二万円近く積み立てている。学校の授業料は年に十一万八千円や。それを四回に分けて納めている。他に制服代や週に一回塾に通っているので月謝もいる。模擬試験代もいる。合計したら自由に使えるお金なんて残ってない。クラブに入れば用具代もいるし付き合いでお金も必要になる、とても小遣い増やしてくれとは言えへん。そんな理由で諦めている」

「うちとこは、お母んがたんまり稼ぐのでお金の心配はないねんけど、主婦代わりに扱き使われているのでクラブ活動する時間がないね。ダンスクラブに入って思い切り飛び跳ねたいわ。要は憤懣を発散させたいだけやけど」

「クラブに入ってない方が余計なこと考えないで済む。勉強に集中できる。間違いない」

と高志は降りかかる火の粉を振り払うように、ハンドルを強く握って上半身を左右に泳がせた。

「勉強ばっかりしてたら気が滅入るやろな。神経性の下痢するときもあるやろ。体育系のクラブに入って、ひと汗かいたらそんなことなくなるわ。べつに大学から勧誘されるような一流の選手を目指さんでもええやんか」

「自転車で通学しているので、心肺機能も脚力も高まる、気分転換にもなる」

「高志は早く出てくるからトレーニングしている気分でペダル漕げるね。うちは忙しいので時間ギリギリに家を飛び出して、始業時間に間に合うように必死にペダル漕いで滑り込むんや。これではイライラしてストレスを蓄積するだけや。トレーニングにはならん。家事に疲れて授業中に居眠りしてしまう。こんな生活アホらしくなって、家出したろかと思うときあるわ」

「まじか！　物騒なこと言うな。どの家も他人に晒したくない事情を抱えているもんや。高校生活なんてあっという間に過ぎる。もう一年過ぎたんや。時間は問題を解決してもしなくても、確実に過ぎていくからな」

「おっさんみたいなことを言うな」

「家の事情で毎日バタバタしていると思うけど、進学するんやったら、はよ大学を決めて勉強せんと間に合わへんで」

「進学するつもりなんやけど、家事に追われているので勉強する時間がないね。用事をいかにして切り詰め、あわよくばしないで、受験勉強に専念できる時間を生み出すか、そればっかり考えている。その問題を解決せんことにはどうにもならんわ。高志は中学生の頃から、京大法学部を卒業して外交官になると言っていたな。今もその気持ちに変わりないんやろ。今日までモチベーションを維持してきた理由は何や」

「お父さんや。僕を大学に進学させるために一生懸命働いている。その姿を目の当たりにしていると、もっと勉強しなあかんと心が燃えてくる」

「そんなお父さんうらやましいわ。うちのお父んとえらい違いや。お母んの尻の下に敷かれて、文句も言わず指示された通り働いとる。主導権のない姿を見てたら情けなくて、燃えてくるどころか消沈してしまうわ」

「お父さんはどこの家庭でもお父さんや。存在感に優劣なんて付けられへん。お父さん像は家族が鑿《のみ》で削ってコツコツ仕上げる彫像作品や。立派な彫像ができるかどうかは家族の腕次第や」

「ええこと言うなあ、感心するわ」

佳世は父親を比較すると腹立たしくなる。

「佳世、ここから道が狭くなるので気ぃつけんとあかんで」

「ここに来たらいつも同じこと言うな。言われんでも分かっているわ」と、佳世はむくれた。

高志の家の前まで帰ってきた。

「バイバイ」

「それじゃあな、バイバイ」

佳世は家に帰る前に寄り道をした。萬福寺の総門を潜ると右手に放生池があって休息できるように長椅子が置いてある。周囲をソメイヨシノや椎の大木が取り巻いていて静かだ。蓮が池面を覆っていてその下を鯉がゆったり泳いでいる。亀が首を伸ばしてのんびり浮かんでいる。ときたまカワセミが食事にやってくる。長椅子に座ると池越しに巨大な三門が人心の悩みを聞くように構えている。

大学に進学する、とはどういうことなのか。うちのお父んは高卒、お母んは中卒だ。髪結いの亭主に納まっているお父んのことはさておき、お母んは家が貧乏だったので中学すらろくろく通っていない。しかし今では美容室を六店舗経営する実業家だ。お父んと結婚し二人の子供を儲け家庭を構えた。ところが理想の家庭を築いたとはどう見ても言えない。経営に奔走して夫や子供を犠牲にしている。いったい誰のために働いているのだ。権勢を追う自己満足にすぎないのなら心の底から怒鳴りつけてやりたい。犠牲になっている夫と子供に普通の生活をさせろ、と。

はたして高志はどうなんだ。京大を卒業して外交官になると息巻いている。学校では群を抜いて成績優秀である。夢を叶えるかもしれない。しかし念願叶って外務省に入ったその先に問題を抱えている。外務省は成績優秀者だらけだ。その中に交じって頭角を現すには別な要素が必要になる。巧みな口舌と行動力を駆使することによって、外交官として昇格できるのはごく一部の限られた人間だ。過保護で、緊張したときは神経性下痢を発症するあのガラス体質は、厳しい世の中の人間関係を乗り越えていけるのか。外交官は夢で終わる気がする。

私は家の用事を積み重ねているうちに世の中の仕組みを知らずしらず習得している。物価も世間の不平も知っている。高志は父親に世間の付き合いを遮断されて、動向を知らずに学業に専念している。脇目も振らず専心して第一関門の京大法学部入学をクリアできたとしても、次の過程は世間に通じていなければクリアできないだろう。そこで蹴躓《けつまず》いて挫折する可能性はある。無学のお母んはそこをどのようにしてクリアしたのか。

中卒あるいは高卒と大卒では社会通念に雲泥の開きがある。今の社会は成熟していて棲み分けがきちっとされている。学歴や資格で差をつける社会秩序は強固で揺るぎそうにない。社会に出るときの学歴を誤ったら一生を台無しにする。お母んがひた走ってきたバブル期の混沌とした社会は過ぎた。現在の家庭環境を容認して家事に専念してもよいと思うときがあるけれど、自分を犠牲にして家のために尽くしても、精々「お世話になった」で終わりだ。失った期間は永遠に取り戻せない。同級生たちは私を置き去りにしてどんどん我が道を進んでいる。大学進学を諦めてはいけない。諦めたらその時点で将来は惨めなものになる。方法はあるはずだ。

膨らみかけた蓮の蕾を自分に譬えて視線を上げた。どっしり構えた巨大な三門が内心を確かめるように見下ろしていた。

＊

今日は放課後に、学内の英会話教室でイースター（復活祭）イベントが行われた。

高志は佳世に誘われたが参加しなかった。邪道に踏み込まないように、我が道を外れないように、一心不乱に歩もうとしていた。

佳世は将来に不安を抱えているので一時的にせよ忘れることができるお祭り騒ぎにふらっと逃避するときがある。新しくクラスメイトになった静穂《しずほ》に誘われてイベントに参加した。

英語専従講師がイースターについて由来を語った後にイースターエッグの写真を見せた。

「工芸品のように手が込んでいて鮮やかでしょう。卵の表面に食紅を使って彩色しています。後で食べるからです。卵が用いられるのは命を宿しているからだと言われています。キリストを信仰するヨーロッパの各家庭では、彩色した卵を家の中や庭に隠して、それを子供たちが探し出し、お菓子と交換するゲームが行われます。また兎のおもちゃがイースターバニーとしてこの時期に登場するのは、たくさん子供を産むので縁起が良い動物とされているからです。春の楽しい行事です」

佳世は、英会話教室に足を運んだことは一度もなく今回初めてやってきた。静穂は毎日放課後に入り浸り英会話を楽しんでいた。卒業したらニューヨークに住むつもりなのだ。そこで何になるかは聞いていていない。

佳世は、「日本の正月みたいなもんやな。先祖をお迎えに行って仏壇に祀り一緒にお雑煮食べて、一家そろってゲームして楽しむやろ。それとも盂蘭盆会《うらぼんえ》の地蔵盆にあたるのかな?」と疑問符をつけた。

「それは違う。亡くなった人や先祖をお祀りする行事とは違う。十字架に磔《はりつけ》にされたイエス・キリストが復活された喜びを祝う行事や」と静穂が説明した。

佳世の家は分家なので仏壇はない。ただし稲荷神を祀る神棚はある。千本鳥居のうちの一本はお母んが建てた。稲荷神を崇めているので商売が順調にいっているのだ、とかつて神棚にロウソクを灯しながら説明したことがある。

静穂の家は旧家なので仏壇がある。春秋のお彼岸や盂蘭盆会には浄土宗の和尚さんが先祖を供養しに来る。静穂は物心付いた頃から、両親と並んで和尚さんの後方に座り、数珠を手にしてお経を捧げていた。これは特別な家庭だからではない。京都では昔ながらのごく普通の様式である。玄関の屋根には怖い顔をした鍾馗《しょうき》さんが疫病退散の守り神として祀ってある。鍾馗さんは道教の神である。台所（おくどさん）には火伏せの神である愛宕《あたご》神社のお札を、トイレには厠《かわや》の神様である烏枢沙摩明王《うすさまみょうおう》を祀っている。神様だらけの環境下で育ってきた。キリスト教を受け入れるのも神が一つ新たに加わったぐらいで多神教者特有の信仰心である。

講師が提案した。

「それでは独自のイースターエッグを作ってください。画用紙に適度な大きさの卵の図柄を描いて、用意してある絵具とクレヨンで彩色してください。完成したら後ろのボードにピンで留めてください」

佳世と静穂が描いたデコレーションエッグは似ていた。卵を顔に見立てて描いてみると誰かになった。ボードに貼り出して互いに顔を見合わせニヤッと唇の端を歪ませた。

生徒が描き終わるのを待っていた講師は、

「校内のどこかにプラスチック製のイースターエッグを隠してあります。各教室には隠してありませんので入らないでください。そんなに込み入ったところではありません。エッグにナンバーが記入してあります。前のテーブルに縫いぐるみのイースターバニーやお菓子のプレゼントを用意しています。そこにもナンバーを記入してあります。探し出したエッグの番号と合致したら持ち帰ってください。参加してくれた諸君に対するプレゼントです」

みんな、わーと声を出して散った。プレゼントが貰えるとなれば活気づく。女子が多いので校内を探し回る喧噪で沸いた。

佳世と静穂はエッグを二個見つけてチョコレートとお菓子を手にした。

「なんや、このチョコレート！」

佳世は包装紙をビリビリと破いて段ボールに色付けしたチャチな模造品の板チョコを取り出した。わざとらしく噛んで「おいしい」と表情を歪め右足を高く上げ、ドスン、ドスン地団駄を踏んだ。

ワハハ。アハハ。教室は笑いで揺らいだ。

佳世は先に高志が帰ってしまったので、一人で自転車のペダルを漕いで住宅街の抜け道を万福寺町の我が家に向け急いだ。夕焼けで紅く染まった雲が出ていた。静穂の顔に似ていた。

侮れんな、あいつ。わざわざ私を誘って挑戦状を突きつけよった。静穂の描いたエッグはどう見ても高志の顔や。ハートマークも添えよった。うちは添えてへん。あいつの方が思い入れが強いのかもしれん。けど、そうはさせんぞ。持ち前の闘争心がふつふつと沸いた。

突然出現した対抗馬の存在を意識して、サドルから腰を浮かせ、ペダルを力一杯漕ぎだしたところで、ハンドルが泳いで自転車がぐらついた。

プッ、プッとクラクションの音。

おっとっと。今日は、「佳世、ここから道が狭くなるので気ぃつけんとあかんで」と注意してくれる高志がいないんや。

慎重に自転車を漕いで、萬福寺の総門前を過ぎ、箱庭のように整備された住宅街の一画に帰ってきた。「高志！　無事に一人で帰ってきたで」と思い入れを込めて手を振った。

＊

始業式が四月の二日だったので新学期が始まって一か月ほど経過した。クラスメイトの選別が進み確定された時期になる。三組の佳世のクラスは進路別に四つにグループ化した。私学の関関同立派と産近甲龍派があり、専門学校派があって、この学校を最終学歴として社会に出る者達がいる。各グループは休憩時間や放課後に情報を交換し合っていた。特別教室に移動する際も食堂に向かう際も、群れをなす。佳世と静穂は進学先が未定なのでどのグループにも属さず気楽に往還していた。

高志のクラスは七グループに細分した。国公立派が高志と服部君にもう一人女子が加わって三人になった。関関同立派が関関の大阪派と同立の地元京都派に分化した。安全志向派は産近甲龍派と摂神追桃派に分化した。専門学校派もいるし、就職組もいる。

高志は七時限目の授業を終えると駐輪場の前のベンチに座って佳世を待っていた。

「彼女、もうすぐ出てきやはるからな」

「いつも大変やな。先に帰ったら怒られるのか」

顔馴染みの女子が冷やかして次々通り過ぎた。

授業が終われば解放感で心が弾む。静穂のように英会話教室で講師と会話を楽しみ、海外に夢を馳せる生徒もおれば、高志や佳世のように、直帰するため待ち合わせしている生徒もいる。単独で自転車や徒歩で帰宅する生徒もいるし、塾に向かうため時間に追われて一目散に急坂を下る生徒もいる。

「駅まで一緒に行こうか」

「三角比の定義、何とかわかったわ」

「嵐ええな。コブクロもええけど、私は嵐が好きや」

「ワンピの四十六巻目読んでるね。もうすぐ次の巻が出るねんて、楽しみや」

「SNSなんて気にせんとけ、あいつら好き勝手に書き込んで憂さ晴らしとるだけや」

学校という目に見えない鉄格子の中から解き放たれ、課題や息抜きや悩み事を洗いざらいぶちまけ、お喋りが弾む。中には興奮して唾を飛ばし目を三角にして、教師の悪口を言っている生徒もいる。

高志と佳世は自転車を押して前後に連なり、住宅街の抜け道を自宅のある万福寺町目指して歩き始めた。帰りは下り坂になるのでペダルを漕げば十五分で済む道程を、倍以上の時間をかけてこうして押して帰るのは、学校であったことや家族の話を止めどなく打ち明けて、心の根を絡ませるためである。

「あーあ、一学期の期末テストがもうすぐ始まる。準備何にもしてへん。家の用事が忙しくてそれどころではないわ」と後ろから佳世が溜め息を交えて語り掛けた。

「今に限ったことではないと思うけど。やる気があれば時間を捻出できるけどな」

と高志は前を向いたまま高い空に向かって呟いた。

「あんたはトップの成績やけど、うちはビリから数えた方が速いね。気にせんわけにはいかん」

「なんで今回に限って気になるねん」

「進学相談のとき、進路指導の先生に、関関同立に行きたい、と言うたら、大学を馬鹿にするな、と笑われた。今の成績では受け入れてくれへん、もっと勉強に励め、と発破かけられた」

「アハハ」

「笑わんといて。目標は高いところに置くもんや。根性で関関同立のどこかに滑り込んだる」

「中三のときもこの高校に滑り込んだる言うてたな」

「その通りになったやろ。高志が決めたから私も、と思ったんやけど、担任の先生からその成績では無理やと一蹴されて根性滾《たぎ》った。私は追い込まれたら強いねん」

「何度も言っているけど、僕の進学先は京大の法学部や。外務省に入って末は外交官や。日本の代表として世界を股にかけて活躍するね。第二の杉原《すぎはら》千畝《ちうね》になるねん」

「うちはまだそこまで絞り込んでへん。目標にする人もいいひん」

「目標がなかったら勉強に身が入らんやろな。本当に大学に行く気あるのか？　何度も言うけど、進学するんやったら早く受験に取り組まんとあかんで」

「そんなこと分かってるわな。家庭の事情を解決せんと受験先を決めても勉強する時間がないんや。何回も言うてるやろ！」

佳世はつい腹の底から鬱憤を吐き出すように大声を出してしまった。

「どんな事情か分かってるけど、佳世とこは金持ちやから、そんな風に暢気に構えてられるね。僕とこはそんな余裕ない。落ちたら人生終わりや。必死や」

「何にも分かってへんな。暢気に構えているのではないね。両親と話し合ったわけではないけど、自分が家庭で置かれている立場を考えたら決断が付かへんねん」

「この間お母さんを見かけたわ。宝塚の男役のような髪型して黒のブレザーに裾広がりのパンタロンスーツ姿で、真っ赤なフェラーリから降りてきた。胸や腕に金ピカの装身具をキラキラ光らせて女優みたいに眩しかったわ。とても、でかい高校生の娘がいるようには見えんかった」

「でかい高校生は余分や。可愛い女子高校生と言い直してんか」

「はい、はい」

「その返事は私を馬鹿にしているな。お母んの派手な形は経営している美容室の広告塔になってるからや。広告塔は目立たんと役目をこなしていることにならへん。フェラーリのボディにビューティーサロン michiyo と書いてたやろ。お母んの名は道世《みちよ》や。美容室の宣伝のために人の目を引いとる」

「お父さんは近頃見かけへんけど、どうしてるの」

「相も変わらず稼ぎの少ないぐうたらや。朝九時頃に古びた背広着て、ルイ・ヴィトンの偽バッグを脇に挟んで、十年前に買った塗りの褪せたおんぼろ軽自動車に乗って出かけよる。運転席側のドアに木村商事と書いとる。これが一人社長の専用社長車や。夕方になると時間を見計らって、疲れた、腹減った、言うて帰ってくる。人並みの仕事をしてきた振りして帰ってくるけど、あの稼ぎではどうにもならん。うちの家庭はお母んの稼ぎで成り立っているね。夫と妻の稼ぎが逆転している家庭は他にもあると思うけど、うちの場合は家庭崩壊の危機に直面している。お父んに忍耐力があるので、嫁はんに虚仮《こけ》にされても何とか崩壊を免れている。けど、いつまで夫婦でいられるか心配や。それというのも結婚した動機が、間に合わせ、だったからや。好きになって結婚したのではなかったんや。聞きかじった話になるけどな、お母んは中学生のときから近所の八百屋や小間物屋の配達をして生活費を稼いでいたと言うてた。父親は腕の立つ大工やったらしいけど、酒飲みでおまけに賭け事にのめり込んで、生活費をほとんど家に入れなかったらしい。お母んはあちこちに手伝いに出て稼いでいたらしいけど、額は知れとる。子供二人を学校に行かせても給食費は払えなかったらしい。そんな状況なので自分も手助けせんと飢え死にしてしまうと思ってせっせと働いたらしい。中学をお情けで卒業して、近所の美容室の下働きをしながら技術の習得に励んだ、と言うてた。学校を出ていないんで手に職をつけんと将来は惨めなものになる、と考えたらしい。資格を八年掛かって取ったんやで。大した根性や。その頃から近辺で評判の美人だったらしい。背は高いし色は抜けるように白いし、彫りの深い顔立ちしている。外国人のモデルさん並みや」

「なんで母親に似なかったんやろな」

「なんやその言い方。今は食い気が勝っているねんや。そのうちお母んを飛び越すええ女になるからな。そんなことどうでもええわ。絶世の美人に成長したお母んを店主が放っとくかいな。言い寄られて関係を持ったんやけど、ちゃっかり支店を出させて店長に納まりよった。腕とセンスが良かったし口も達者だったので、本店より繁盛したらしいわ。その頃すでに美容室を六店舗経営する才覚の一端を見せていたんや。経営が順調にいくといつまでも愛人の立場で満足できひんわな。関係を清算するように迫って、独り立ちすると、持ち前の美貌と口八丁手八丁で世を渡り始めたんや。言い寄ってくる男に気のある素振りを見せる手口で資金を集め、店舗を次々増やしていったんや。危ない橋を渡っているのでどうしてもバックに睨みの利く男が必要になる。店に業務用の化粧品を卸しに来ていたお父んに目を付けたんや。二十八歳のときだったと聞いている。お父んは三歳下なんやけど、見ため強面で眉が吊り上がり目つきが鋭い。気安く声を掛けられない雰囲気を醸し出しとる。実際は優男で性格の軟弱な腰抜けや。そこを見抜いて、この強面は役に立つと判断して入籍したんや。「うちの人は怒らせたらなにするか分からへんで、ちょっとあちら系や」と吹聴する一方で、人目に付かないところでは思うがままに奴隷のように扱っていたらしい。一人社長に納まってする仕事は、お母んが経営する美容室に業務用商品を納めるだけや。他の店に販路を広げる能力なんてないのは承知の上だったと言うてた。経営する美容室に高く売りつけ、利ざやを稼ぐダミー会社でよかったんや。近所では男勝りの凄腕嫁はんに、腰巾着の旦那、とか、金魚の糞、とか、髪結いの亭主、とか揶揄《やゆ》されている。家を三階建ての洋風に建て直した頃から成金として近所の好奇の的になっている。私がその陰で家事に追われて辛い思いをしていても同情してくれる人はいいひん。小さい頃は共稼ぎの並みの商売人の家庭やったから、可哀相に思って、おやつをくれたし世話を焼いてくれたんやけどなあ」

「僕とこも変わった家庭やで、知ってると思うけど。お父さんが家の掃除、洗濯、料理をすべて引き受けてるねん。お母さんの唯一の仕事は二日に一度、お父さんのメモ通りスーパーへ食材買いに行くぐらいや。それ以外は何にもせんでええねん。毎日長い時間かけて化粧して、床の間に座ってお父さんの帰り待っているか、いそいそ河原町四条に出掛け、ウインドウショッピングしてくるか、そんな風に過ごしている」

「まあ、いろんな家庭があるわ。だから世の中面白いねん」

「ここから道が狭くなるので気ぃつけんとあかんで」

「思い出した。この間イースターイベントがあったやろ。誘ったのに高志は来いひんかった。その理由分かったわ。私を一人で帰らせて自動車に轢かせ殺そうと企んだんや。危うく難逃れたけどな」

「おい、おい、まじか。なんちゅう難癖付けるね。ここで轢かれそうになったんか?」

「そうや、もうちょっとで命失うとこやった。そのとき高志と静穂の顔が並んで頭に浮かんだ。ニヤニヤ笑み浮かべてた」

「何があったんか知らんけど邪推するな。静穂は派手やから男子の間で目立ってるけど僕は口きいたこともない」

「信用してええんか」

後ろから佳世の自転車が高志の年代もんのチャリンコのバンパーを、返答の真意を確認するようにコツンコツンと二度突いた。

「壊すな！　高校卒業するまでこの自転車に乗り続けるからな」

「じゃあな、バイバイ」

「また明日、バイバイ」

難癖付けて絡んだ佳世も、絡まれた高志も、機嫌良く片手を高く挙げ左右に大きく振って笑顔で別れた。

佳世はイタリア産の大理石を敷いた玄関で靴を蹴飛ばすように脱ぎ捨て、長い廊下の突き当たりのダイニングに、ドスン、ドスンと音を立て駆け込んだ。

妹の紗世がチーク材で作ったアールヌーボー風のダイニングテーブルを机代わりにして宿題をしていた。勉強が好きで成績は優秀だ。髪をポニーテールにしてブルーのリボンで結んでいる。趣味は栞を集めること、ピカチュウのキャラクターを集めること、である。特定の人としか付き合わないので友達は少ない。食が細くやせているが小学四年生である。佳世と八歳離れている。

「お姉ちゃん、あんな……」と、紗世がタイミングを計り、声を掛けた。

「はい、はい。もうちょっと待ってね、先に夕食の下拵えするからね。終わったら話を聞いてあげるからね」

紗世は可哀相な奴だ。戸籍上は八歳違いの妹である。が出生の秘密がある。お父んの血液型はAB型でお母んはB型である。自分はB型なので問題はないのだが紗世はO型である。生まれるはずがない血液型の子を、お母んは堂々と何の憚りもなく産んで、ポイッとお父んに預け育児を任せた。受け入れたお父んは、ミルクを飲ませ、おむつ換えをし、風呂に入れ、可愛い、可愛い、と抱き上げてあやし、慈しみ育てた。紗世はお父んの子ではないと知ったとき、自分なら浮気相手の子を産んだ妻など殴りつけて蹴飛ばし家から追い出すのに、と蔑み軽蔑した。しかし我が家の事情というものが大きく立ちはだかった。お母んを失ったらやっていけないのだ。紗世が小四に成長した今となっては、曲がりなりにも世の中の仕組みを鵜のように丸呑みし、お父んがそれでよいのなら、と納得している。ただ何も知らない紗世が不憫だ。

紗世の話は、仲の良い友達と栞の交換を巡って喧嘩し、仲直りしたいのだが自分から言い出しにくいのでどうしたらよいか、という悩み事だった。たわいない。小四ならこんなものかな、とお姉さんぶって頭を撫で諭した。

「その子が欲しいと言っている栞をプレゼントする、と言ってあげたら。そうしたら仲良しに戻れるわ。紗世にはもっと綺麗な栞を買ってあげるから」

紗世はこっくり頷いた。悩みを打ち明けて心の重荷が取れ、安堵したのか、甘えた声で、「お姉ちゃん……」と言って抱き着いてきた。紗世の温もりが五体を巡った。お母んに抱きしめられている紗世を見たことがなかったので、お母んの代わりだと思って強く抱きしめた。

佳世は三人分の夕食を作った。お母んが家で家族と食事を共にすることは滅多にない。今夜帰ってくるのかも分からない。お父んと紗世と三人で暗い洞窟の中で蠢《うごめ》いている名もなき虫のような惨めな思いに浸った。

*

今日も佳世と高志は駐輪場で待ち合わせて下校の途に就いた。

「ええ天気やし、久しぶりに東部公園に寄っていこうなー」と、佳世が誘惑するような甘い声で囁いた。

「うん、寄っていこうか」

高志は佳世が誘うときは、憤懣が渦巻いて吐き出したいときだと分かっている。

東部公園の芝生広場にやってきた。五雲峰の裾に設けられた市民公園でテニスコートや野球場、ラグビー場があり、児童向けの遊具も設置されている。春夏秋冬市民の憩いの場になっている。

二人はお皿を伏せたような芝生広場の上に足を投げ出して座った。

木洩れ日が芝生に光輪を落としている。名木の枝垂れ桜がそよそよと風に揺らいでいる。夕イワンフウがピーンと青空に突き刺すように伸びている。大木に成長した欅も若葉を繁茂させている。

佳世は深呼吸して家庭や学校と味の違う空気を吸った。家事に追われる日常を忘却するかのように空間に目を泳がせた。

高志は無防備な佳世の頬に愁いを帯びた影が張り付いているのを見た。学校では陽気に振舞って隠匿している影である。

佳世は自分の境遇に苛立っていた。現状では大学進学に向け勉強する時間がない。家事を放り出して勉学に専念すればお父んや紗世の生活が立ち行かなくなる。どうしたらいいんだ。堂々巡りしているうちに腹が立ってきた。突然首を左右に激しく振って、心底に溜め込んでいた日頃の憤懣を吐き出すように静寂の空間にぶち撒いた。

「悪いのはお母んや！　家族を放置して家庭が成り立つと思っているのか！　お金さえ与えておけば親の役目は済むと思ってるのか！　家に帰って来ない母親とは何者や！　放置するのもええ加減にしとけ。えぇぃ、くそぅ」

芝生に落ちていた枯れ枝を掴んで思いっきり投げ飛ばした。

しばし放心していたら、頭脳に樹木の爽やかな香りが浸透してきた。近くを流れる小川から飛んできた鶺鴒《せきれい》が芝に降り立ってトットットッと胸を張り悠然と歩きだした。

高志は思う。佳世は滅多に口にしないが、ヤングケアラーである。可哀相だが手を差し伸べることは実質的にはできない。精々鬱積を発散させる相手になってやるしかない。

佳世は一時間ほど憤懣《ふんまん》を喋りまくってゴロンと仰向けに伸びた。出っ張ったお腹が小刻みに上下しているので泣いていたのかもしれなかった。

＊

佳世が心持ちを刷新した翌日の放課後、坂の上高校では学内の英会話教室でパブクイズ（pub quiz）が開催された。

高志は佳世に気遣いして誘いに応じた。佳世のクラスメイトの静穂が、私は英語が得意なので仲間に入らせてほしいと言って強引に割り込んできた。三人でチームを組んでパブクイズに挑んだ。チーム名はジャスティス（justice：正義）と高志が名付けた。

佳世が「堅苦しい名前やなあ。ピュア・トリオ（pure trio）に変更してな」と文句をつけた。

静穂が「ええやんか、正義を貫かんと」と肩入れした。そして「sticking to justice」と滑らかな発音で応じた。

佳世が静穂の参加申し出を敢えて断らなかったのは、高志の前で内心を探ってみたい思いが強かったからだ。イースターイベントの際、静穂はハートマークを添えて、高志に似せたイースターエッグを描き、佳世に挑戦状を叩きつけたのだ。そのことが頭にこびりついていた。

高志も自分を巡って二人に険悪な駆け引きがあることに薄々気づいていた。

「三年生になったら、ここで楽しんでる余裕なんてないんや。今日は一致団結して楽しまんとあかん」と二人の融和に努めた。

講師が第一問を出した。勿論英語である。

「List the most popular tourist destinations during Golden Week in order.」

静穂が「ゴールデンウイークで人気だった観光地を順に並べてください」と、和訳した。

「簡単や、有名観光地を書き出したらええねん。まず京都やな」と高志が解答用紙にローマ字表記ですらすらと記入した。

静穂が「順位をつけなあかん」と訂正を命じた。

頭を突き合わせ、ここでもない、あそこでもない、と意見を交わし、解答用紙の上で時折指が触れ合った。

佳世は鋭い目つきで微に入り細にわたり窺っていた。

第一問の答えは「The first place is Hakone. Second place is Urayasu. The third place is Kyoto.」だった。

静穂が、一位は箱根、二位は浦安、三位は京都だったと佳世に向かって和訳したところ、「そんなこと訳さんでも分かってるわ」と佳世が口を尖がらして反発した。

次の問題は「Look at the illustration and pick out the right words.」だった。

佳世の様子を窺っていた静穂が「イラストを見て適切な言葉を選びだしてくださいと言っているで」と訳し、蔑むような目つきをした。静穂の独壇場になった。問題も英語だし答えも英語なので聞き違いやスペルの一文字の間違いで意味不明になる。辞書で確認しながら修正を繰り返した。静穂は積極的に高志に話し掛けて意気投合していた。佳世は疎外感を味わい胸が締めつけられて息苦しかった。

出題ごとに答えが明らかになるので、自チームの正解に歓声が上がったり、間違っていたため溜め息が漏れたりして賑やかだった。

終わってみれば、ジャスティスチームは静穂の活躍で四位と好成績を修めた。上位三チームに記念品が贈られた。

静穂はスタンディングオベーションで三チームを称えた。立ち居振る舞いに洋式が身に付いていた。

「ジャスティスチームのメンバーが最強ではなかったからなあ。もうちょっとで入賞できたんやけど、しゃあないわ。なあ」と高志に視線を絡ませ、佳世に蔑んだ視線を漂わせた。

佳世は、ブチ切れそうな感情を抑えて、「英語に慣れてへんので足引っ張ったかも」と細い声で詫びた。

高志は、「勝ち負けではない、楽しんだんや」と佳世を庇い、静穂と険悪な状態に陥るのを回避した。

いつもの帰り道。自転車を押しながら仲良しカップルは心の根を絡ませた。

佳世はすこぶる機嫌が悪かった。

「なんもおもろないわ。あいつ、なんであんなにはしゃいどったんや。高志も一緒になってはしゃいでたな」

「気分転換できた。それだけや。塾に行くので飛ばして帰ろか」

高志はそんな予定がないのに嘘をついて噛みつかれるのを避けた。

二人は自転車の車輪を風車のように回転させて、うねうねする下り道を走った。家近くの東部公園の外周路に差し掛かったとき、佳世は高志に気づかれないように、公園の駐車場を覗き込んでいた。

その日、西日が真っ赤に街を染めている中、帰宅して夕食の下拵えを済ませた佳世は自転車に乗って出かけた。前カゴに入れたビニール袋の中に火挟みを隠していた。

東部公園の外周路付近まで来ると、きょろきょろと人気を窺いながら奥の駐車場に入っていった。

お父んのおんぼろ軽自動車を見つけた。何にも言わずに火挟みを取り出して周りに散らかっているゴミを回収し始めた。コンビニ弁当や飲み物の空き缶、煙草の吸い殻、それにティッシュが散らばっていた。

お父んは夕闇迫る薄暗い中で目を近づけて本を読んでいた。仕事を終えると図書館で読書するのが唯一の楽しみだった。しかし図書館は午後五時に閉館する。追い出されるとこの場所に移動して車を止め、読書の続きをしていた。軽自動車の狭い室内で、誰にも邪魔されない自分だけの空間にどっぷり嵌まり込んで気ままを楽しんでいた。夜の帳が下りて家に帰っても家族や近所に顔が立つ時間が来るまで、ここがお父んの安心で安全な居場所だった。

佳世はゴミ拾いを終えるとトントンとサイドミラーを叩いた。そこにお父んの顔が映っていた。にっこり微笑んでいた。小さなミラーを通して父と娘が交流した。

「ゴミのポイ捨てしたらあかんで」

「世話掛けるなあ、すまんなあ」

「はよ帰っといでや。好きなおかず用意したるからな」

「この章を読み終えたら帰る」

＊

中間テストが終わって、一週間掛けて行われた生徒会の役員選挙期間が過ぎた。佳世は立候補しなかったが、人気者なので三人の立候補者から応援演説を頼まれた。その中で、一番早く依頼してきた同組の田中君の応援演説を引き受けた。三組にやんちゃが三人いると言っていたうちの一人である。勉強はそこそこできたし、目立ちたがり屋で世話焼きである。

放課後に校舎の渡り廊下やグラウンドの端にあるプレハブのクラブボックスの前でメガホン

を握り、声を張り上げた。ユーモアとセンスを交えて田中君への投票を呼び掛ける佳世の推薦演説に人だかりができた。

　開票の結果、田中君が選ばれた。木村佳世と記入された無効票もかなりあった。

　放課後、待ち合わせの駐輪場に佳世がやってきた。

「あー、終わった、終わった。田中君がお礼やとコーラ二本くれた。気ぃ利くやろ。二本やで。生徒会長は心配りができるもんやないとな。応援した甲斐があった」

　貰ってきたばかりらしくコーラ二本を愛おしそうに胸に抱いている佳世を見て、高志は可愛い奴だと単純に目を細めた。

「帰りに萬福寺の蓮を見に行こうか?」

　と高志が誘った。

　二台の自転車が縦に並んで登下校路になっている町中の狭い下り道を走り抜け、万福寺町内まで帰ってきて、唐風の総門横に設けてある駐輪場に自転車を止めた。総門を潜って右手に進み、菱形の敷石を踏んで、蓮が群生している放生池の端に置いてある長椅子に腰かけた。周辺に人の気配はなく、巨大な三門が二人の心を透かすように見つめている。

「ここはいつ来ても静かや。空間に心を晒け出せる」

「私も時折ここに来て考え事をしているときがある」

「考え事か。佳世には似合わんな」

「悩みを鎮めたいときもあるわ」

高志が突然父親の話を始めた。心を晒け出せると言ったので何かを晒け出したいのだと佳世は思った。

「お父さんは職場の話はしないけど、いろいろな悩み事はあると思う。なにしろあの性格や。作業の辻褄がきちっと合っていないと承知できなくて声を張り上げ怒るらしい。きっちりしている方が良いのかもしれんし、正しいとか間違っているとか、数学の答えのように決まっていたら問題ないけど、仕事の成果を巡ってそこに至るまでの方法は幾通りもあると思う。それぞれに考えがあるので反する意見を述べる人もいるはずや。もう少し視野を広げて柔軟性を以て応じないと職場内での人間関係がギクシャクすると思う。他人の言い分を受け入れるような人ではないからな。僕の父親の日常を聞いても面白うないかもしれんけど、勤め先から帰ってくるとガレージで三十分かけて洗車するね。それから家に入ってくるね。入るなり洗面室で歯を磨き顔と手をごしごし洗うね。今度は自分を洗車するんや。『あー、すっきりした』と笑顔で皆のいる居間に入って来る。休む間もなく流しの前に立って前掛けをして調理師に様変わりする。冷蔵庫を開けて母に指示して買っておいてもらった食材を取り出し夕食を作り始めるね。手際は良いし楽しんでやってる。手間取っても一時間以内に作り立ての手料理が食卓に並ぶんや。その間、母や妹はテレビを見ながら押し黙って待っている。決して、手伝おうか、と言わない。お父さんの分野に口出ししたら気分を害すると分かっているからや。僕は本を読みながらお腹グーグー鳴らして待ってるねん。食事中は料理の出来栄えを巡っていろいろ意見交わす。味付けが薄いとか濃いとか辛いとか甘いとかいろいろ意見が出る。黙って黙々と食べたら『気に入らんのか!』と言って怒るから、なんか出来栄えを言わないといけないんや。引き続いて食後の団欒に移る。家族四人で長い時間かけて近頃の出来事を話し合う。それからお父さんは新聞に目を通した後、流しに立って後片付けをし、僕らはそれぞれの部屋に引き籠って自分の時間を楽しむ。僕は勉強するけど妹はイヤホンで流行りの洋楽を聴いて楽しんでいるようや。お母さんはどうしているのか知らん。家事一切をさしてもらえないから部屋に引っ込んでお父さんを待っているしかないいんやろ。休みの日は一家総出でお父さんの指示通り家の掃除に精を出す。屋内が終わったら外回りの草むしりや。お母さんは庭に出てきても、手を汚したり汗を掻くのが嫌いなんで、何にもせんと眺めているだけや。お父さんは手伝えとは絶対に言わへん。それで午前中が終わってしまう。午後はお父さんが運転する自動車に乗って、家族連れだって郊外のデパートへ買い物に行くか、行楽地へ遊びに行く。足を延ばして美山の茅葺きの里や舞鶴港や天橋立方面までドライブに行くときもある。先週の日曜日は天気が良かったので、笠置のキャンプ場を訪れてバーベキューを楽しんだ。家族サービスに徹しているお父さんに、それが押し付けであっても感謝せずにはおられない」

「うちとことえらい違いや。食事の用意は私が中学生になるまでお父んはぶつぶつぼやきながらやっとった。大概できあいのお惣菜を食卓に並べるだけやったけど、味噌汁は手作りしとった。お母んは仕事に追いまくられて何にもせえへんから、お父んがするしかなかったんや。しょっちゅうイライラして私に当たり散らしとった。不機嫌な訳は、お母んの態度にあるんや。働きながら炊事をこなしている奥さんが当たり前やったから、お母んが気ぃ利かして『ありがとう、こんなことまでしてもらって』とか言って機嫌とったら不満の幾分か和らいだと思うけど、あんたが甲斐性ないんで私が働いて一家を支えているんや、的な態度で接しているので、もう修正できひん夫婦仲になってしまった」

「僕とこは夫婦仲が良いのか悪いのか、よう分からん。夫婦喧嘩しているところは見たことないけど、なんか打ち解けた関係ではないように思う。お父さんはあんな性格やから、お母さんに口挟ませへん。自分の考えを押し付けて従わせている。お母さんはその方が楽だとみているのか文句も言わへん。けど、しょっちゅう河原町四条界隈に出掛けるのは買い物ではなく鬱積を晴らす外出やと思う。一見平穏に見えるけど、何かあったときに夫婦で一致協力して問題に当たるのは難しいように思う。すべてお父さん一辺倒の家や」

「高志はお母さんとしっくりいってないのか？　批判ばっかりしているな」

「相談や頼み事をすることはまずないな。譬えたら床の間に飾っとる着せ替え人形やな。化粧して毎日お召し物を取っ替え鎮座している。お父さんはその姿を見てニヤけとる。着飾った妻の姿を見て己に甲斐性があるから働きに出ないで済んでいるんや、と言いたげや。それが賀茂の社家《しゃけ》という由緒ある家で育ったお嬢さんを妻にした男の姿や。お父さんが病気か怪我して入院でもしたらどうするんや、と心配するときあるわ。家事一切できないからな。ジャガイモの皮はおろかリンゴの皮もよう剥かへんで。中学生の妹も僕もできるのにな。お父さんがメモした食材をスーパーで買い揃えてくるのが唯一の家族貢献や。時折品切れになっていて代替品が分からなくて父にケイタイで問い合わしてる。気を回せない困ったお母さんや」

「私のお父んも困った人や。大きくなった娘に家事をバトンタッチして、木村商事を拡大するために奔走するんやったら文句ないね。それなら私も納得して家事をこなす。でもそうではないんや。時代小説を読んで過ごす趣味の時間を増やしただけや。仕事に精を出さないで読書に閉じ籠っている姿を見ていると、生き方について考えてしまう。梅田のおばちゃんが、佳世ちゃんのお父さんは髪結いの亭主や、何にもせんと遊んでいたらええがな、と話していた。お父んの耳にも入っていると思うけど、何とも思っとらへん。その方が楽なんやろな。お母んに与えられた現状に納得し、世間で言う卓越した人間に擬態化して生きとる」

「佳世はお父さんがリーダーシップを発揮しないので嘆かわしいようやけど、僕は佳世のお父さんのやり方で良いと思う。夫婦であってもどちらかが従の立場を取らんと衝突して家庭が成り立たへん。親は家の統率の仕方を知ってるんや。僕と佳世との関係も僕が従の立場にあるから継続しているねん」

「一方的にそんなこと言わんといて。高志を随分引き立てているけどまだ不足か」

「そういう言い方するから陰で支えているように受け取れへんねん。まあ性格やから仕方ないと思うけど」

「話戻すけど、お母んは中学生のときから働いとるので、私が家事に追われていても、そんなことは当たり前や、アルバイトせんでも学校に行けるのは誰のお陰や、と言いたいに違いない」

「僕のお父さんは子供の目から見たら余計なことしているように思う。町内の便利屋になっている。台所の排水が詰まった。蛍光灯を取り換えてほしい。足が悪いのでコンビニまで振り込みに行ってほしい。頼まれたら絶対に拒否せえへん。この間なんか家庭菜園の土の入れ替えを手伝いに行って上着やズボンを泥んこにして帰ってきた。そんな、ちょっとお人よしのところがあるお父さんや。それでも家族は、余計なことせんでもええ、と文句つけへん。絶対君主やから文句言わせないところもあるけど、他所《よそ》の家に自己満足という憂さ晴らしに行くのは自由や。着飾って床の間に鎮座しているだけのお母さんについても、本人が納得しているなら、それで良いと思う。実際は憤懣を溜め込んでいると思うけどな。鬱積は好きなことをしていても溜まる。佳世のお父さんも、家庭を放棄して読書に親しんでいるように見えるけど、鬱積を発散させているのだと思う」

「親は捌け口を作って適当に発散させてるけど子供はそういう訳にいかんへん。お母んは私を黙らせるために殺し文句使いよる。『ご飯食べていかんならんやろ』と言われたら黙るしかないわ」

「それでも自己主張はせんとあかんで。黙って従っていたら不満が募ってあらぬことを考えてしまう。家出したろか、と思うときがあると言ってたやろ。家庭内の立場を考えて、黙って犠牲になっていると言っているけど、その考えは間違ってる。将来に禍根を残さないために、大学受験に向けて勉強できる環境を早く作らなあかん。自分で切り開いていかんと誰も作ってくれへんで。親はずるいから子供が切羽詰まるまで放置しておいてやっと重い腰上げるからな」

佳世はおのずと気づいていたことを高志に指摘され確信を得た。自分で自分の道を切り開いていかなければならないと決心した。家庭の事情に流されて、愚痴を零して、その中で自分を慰めているようでは、無駄に時間を過ごしているだけで、将来を没にしてしまう。積極的に取り組まんと同世代のみんなに置いていかれる。高志が言ったように禍根を残す。

長い時間をかけて渾々と説得された気がした。自分の父親の話から始めたのは高志らしいと思った。すべてが父親から始まるのだ。

心持ちを新たにして萬福寺を出て、ほんの数分のところにある自宅に向かった。

目の前に規則正しく区画された三十軒の住宅が現れた。

「それじゃあ明日、バイバイ」

「バイバイ」

佳世は高志の心遣いを重々噛みしめて自転車を自宅のガレージに納めた。玄関に靴を脱ぎ捨て廊下をドスン、ドスン音を立てて進み、ダイニングルームに飛び込んだ。今夜こそお父んと進学について話し合い、お母んに連絡をとって承諾を得なければならない。そう意気込んでいたところ紗世の様子がおかしい。

「お姉ちゃん、頭がくらくらする。熱があるみたい。寒気がする」と、縋るように訴えた。元気がなく声音も弱々しい。

「いつからや。今朝はどうもなかったんと違う?」

「給食食べていたら味が変。風邪引いたのかもしれん」

佳世は慌てて体温計で熱を測った。三十九度あった。インフルエンザが流行しているので、病院に連れて行った方が良いと思うが、その判断を仰ごうとしてお父んのケイタイに電話した。

「忙しい。お前が病院に連れて行け」と、にべもない返事だった。

「何が忙しいや！　仕事は終わっているはずや！　図書館で暇潰ししているだけやろ！　親の役目を放棄する気か！　進学のことで相談したかったけど、やめた」

猛り狂ったがそれ以上は言えなかった。紗世を突き放す気持ちは分からんでもない。

お母んに電話した。

「紗世が熱を出してる。インフルエンザに罹ったんかもしれん。帰って来てくれへんか。別に私の進学のことで相談したいし」

「今、名古屋にいるねん。ホテルの人と商談中や。ビューティーサロン michiyo が東海地方に進出する大事な会談やから途中で放り出して帰るわけにはいかへん。佳世が連れて行って。それから、相談て……どんなことや。急がへんやろ。帰ったときに聞くわ」

「自分の子供やで！　商売を優先して紗世の命を犠牲にするのか！　私のことは後回しにするんか！　それでも親か！」

「何をそんなに怒っているね。子供が大事なことは分かっているけど、ご飯食べていかんとなあ」

「またそれを言うのか！　分かった、もう頼まへん！」

お母んにも猛り狂った。名古屋におる、とぬけぬけ言ったけど、怪しいもんや。仮に本当だとしても、新幹線に乗ったら一時間で帰って来られる。

こうなったら仕方ない。自分が紗世を病院に連れて行かなければならない。マスクを着けさせてヘルメットを被らせ自転車に乗せ、病院に向けてガムシャラに走った。タクシーを使う手もあったが、もしインフルエンザに感染していたら迷惑を掛けるのでやめた。

到着して、受付に駆け込んだ。

「熱のある人は病院内に入らないでください。玄関の外に待機する場所があります。目印に赤色のコーンを置いてあります。そこから病院に電話して係の者が伺うまで待機してください」

受付事務員が汚らわしそうな目つきで、距離を置いて指示した。

風の強い日だった。吹きっさらしの玄関横でケイタイを取り出して、症状を詳しく告げ、五分ほど待った。

年配の看護師がめんどうくさそうにやってきて、赤いコーンの傍に設けてある六畳間ぐらいのプレハブの建物に押し込んだ。ドアに「隔離室」と書いてあった。人工的な色彩も飾り物もない殺風景な部屋だった。壁際で大型の空気清浄機が稼働音を響かせていた。天井の空調が微風をそよそよ送っていた。神経質な紗世は何事が始まるのかと怯えて肩をすぼめ身を固くしていた。

若い看護師がやってきて、紗世の脇の下に体温計を突っ込んで測ったのちに、綿棒を鼻孔に突っ込んだ。同伴者の佳世も同じ扱いになった。

「検査は直ぐ判明します。結果が出るまでこの部屋から出ないで待っていてください」

紗世が両手を伸ばして縋りついてきた。抱きしめたら震えていた。

狭くて薄暗いプレハブの部屋で三十分間待った。発熱内科で医師の診察を受けた。

「キットの検査では陰性でした。安静にしておれば回復します。ただし検査を行った時期が早すぎたかも分かりませんので、容態が思わしくないようでしたらもう一度来院してください」

先ほどの看護師が残念そうな顔つきで佇んでいた。

栄養剤と解熱剤を処方してもらい帰ってきた。

翌朝。始業時間前に小学校に電話して症状を伝え紗世を休ませた。

「お父ん、今日は出掛けたらあかんで。美容室の巡回を一日飛ばしても差し支えないやろ」

「今な、山本周五郎の『牡丹花譜』読んでるねん。初々しい十七歳の乙女に恋い慕われる若武者がいるね。のちの城主……いやこの先は読んでへんので分からん。続きが楽しみや」

「本と紗世とどっちが大切なんや！」

「分かっていることを聞くな。俺の気持ちを支えているのは紗世と佳世や。言う通りにする」

「ちゃんと様子を見てなあかんで。おかしかったら病院に連れて行くんやで。昼ご飯も作ったらなあかんで。約束できるな」

「ああ」

紗世は、登校する佳世の手を掴んでなかなか離さなかった。諸状況から判断して高校を休んで当然だったかもしれない。しかし高志に、今、何をしなければならないのか、と渾々と説教されたことが頭にこびり付いていて、休めなかった。

バタバタと身支度をして学校にすっ飛んで行った。

一時限目が終わったところで家に電話した。

お父んが電話に出た。

「紗世はよう眠っている。薬が効いて熱は下がったようや。体温計で確認したら平熱やった。

顔色に赤みが差してきた」と答えたので安堵して胸を撫で下ろした。

二回目の連絡は昼食を食べに食堂に行く途中で入れた。

紗世が細い弱々しい声で電話に出た。

「お父さんは出かけた。直ぐに帰ってくると言ってたけどまだ帰ってきいひん。お腹空いてきたのでパン焼いて食べる。心配せんでもええで、紗世は大丈夫や」

佳世は食堂のテーブルについても頬を涙が伝って止まらなかった。眼鏡を掛けているし念のためにマスクをしてきたので、みんなに気づかれないと思っていたが、高志がトレイにお父さんが作った弁当をのせて隣の席に座り、佳世を一瞥して、「なんかあったんか?」と尋ねた。

紗世の身に起こった一件を泣きながら話したら、「帰れ! 直ぐ帰れ! そんな気持ちで授業受けても頭に入らへん。紗世ちゃんが心配や」と強く指示した。

早退届を出して職員室から出てきたら、高志が待っていた。

「スピード出すなよ。狭くなるところは気をつけろよ」

高志の心遣いが身に沁みた。涙が出て顔が歪んで見えた。

自転車を飛ばして自宅に戻ってみると、紗世はパジャマ姿でダイニングテーブルに両肘を突いて、両手を組み合わせ、その上に顎をのせてテレビを見ていた。体温を測ったら平熱だった。一安心していつものように二階のベランダに干してある洗濯物を取り込み胸の前に抱えて下りてきた。折り畳んで箪笥にしまい込んだ後、演歌を口ずさみ夕食の下拵えに取り掛かった。懲らしめのために、お父んの分は作らないでおこうかと思案したが、「俺の気持ちを支えているのは沙世と佳世や」と煽てた言葉が怒りをかろうじて鎮めた。

食卓について、椅子を引き寄せ、唇をわなわな震わせて礼を言った。

「お父ん！　今日はありがとう。紗世の世話してもらって！」

返事はなかった。なんで私がお礼を言わなければならないのか、逆ではないか。こんな無責任な父親に進学相談をする気が起こらなかった。

＊

今日は坂の上高校の学校行事の一つ、遠足の日である。神戸へ行くことになっている。佳世には、出掛ける前にしておかなければならないことがある。紗世をいつも通りの時間に起こして食事を済ませ、集団登校の集合場所に手を引っ張って連れて行った。ふらふらした足取りが気になったが母親を代行しているので甘い顔をするわけにはいかなかった。

その後、家に戻りバタバタと着替えていつものように自転車を必死に漕いで登校した。校門前に観光バスが待機していた。

同じ二年生の遠足でも高志のクラスは神戸ポートアイランド、佳世のクラスはハーバーランドに行くことになっていた。

目的地に着いた後は自由行動なので、高志はクラスメイト六人と水族館atoa《アトア》に入館した。煌びやかな人工光線に晒されて魚や水生植物やサンゴは生かされた標本のようになっていた。元来、自然派なので、水槽の中に海の生態系を再現する展示環境は馴染まなかった。ざっと一巡した後は外に出てみんなで突堤の岸壁に座り、沖を行き交う船を眺めながら語り合った。

「ここは空気が違うな。塩の匂いがする、耳をくすぐるノイズも違う」

「沖を行くあの船は外国から来たのか、それとも出て行くのか、船を見ていると夢が膨らむな」

「僕らの普段の生活は山の中の穴倉に籠って息を潜め、外界に飛び出すチャンスを狙っているようなもんや」

「高二になったんや。バックパッカーになって、世界に飛び出していくか」

「外国の実情は想像していたものとかなり違うらしい。西側のプロパガンダによって見識が歪められていたんや。自分の目で把握してこそ真実を理解できるのだ」

「大抵の親は政府や企業に騙されて子供を養育する真意を見失っている。就職先を安定と繁栄を基準にして推薦してくるようでは、どうにもならん」

「僕らは自分の目で社会の実情を見て、何が求められているか確認してから、大学や学部を選んだらよいと思う」

「そうやな。学ぶ意義を得ると勉強に熱が入るな」

「平和な時代であっても、階級闘争でしのぎを削って、敗者を死に至らしめている」

「指導的立場を勝ち取った人は自分を守る方策を立て、自分の有利な方向に誘導して、従ってきた者を分身のように扱い取り立てていく。そうやって城を築いて城主になるんや。そんな世の中やで」

「将来進むべき方向をいろいろ考えたけど、僕は公務員志向や。民間会社は不安定だし国家公務員は家を離れる公算が強いので、親を抱えている僕は地方公務員を選択する。宿舎に住んで家族を養っていければそれでよい。大きな目標を掲げたところで、生きる年数は定まっているんや」

「僕は建築家志向や。歴史に残るような建造物を建てたい。丹下健三《たんげけんぞう》さんが目標や。東京都庁舎や草月会館の写真を見た。フジテレビ本社ビルの三十二メートルもある球形の展望台を見て発想の豊かさに惚れ込んだ。大学で勉強して、まず一級建築士の資格を取る。能力に限りはあるけど精一杯努力する。山猿では終わりとうない」

「僕は歯医者さんになりたい。無理やと親は笑っているけど、手先の器用さを生かした職に就きたい。能力的に駄目なら木工職人になる。東北に渡って修業し、こけしを作る」

「僕は外交官になる。赴いた先で国の担い手になって尽くしたい。正論は暴力によって封じられてはならない。赴任先で母国を捨て亡命する外交官もいるが、命を託すのは覚悟の上や」

「けれど現実は厳しいで。僕はアニメーターになる。夢の世界はアニメの映像の中で再現する。映画館を出て自動車が疾走している騒音の渦の中を、夢遊病者のように彷徨《さまよ》いながら帰ることになる。家の玄関戸を開け、母親の顔を見た途端に現実に戻る。それで良いのかもしれんけど、つかの間の夢の世界に導く仕事に就きたい。悩める人を一時的にせよ救えるのでやり甲斐ある」

その頃、ハーバーランドでは佳世と静穂がモザイク大観覧車に乗って内面を波立たせていた。二人きりになるのは気乗りしなかったが、強引に誘われて乗ってしまった。

「順番待ちせんとゴンドラに乗れて良かったな。あれ六甲山と違うか」

と、佳世が山側の風景を見ながら語り掛けた。

「みんなはファッションに興味あるからそっちに行ったんと違う。神戸大橋が見えてきた」

静穂は海側の風景を見ながら返事した。

二人が目を向けている方向は反対だし、会話はかみ合わず、途絶えた。ゴンドラは重苦しい雰囲気を内包しゆっくり回り、頂点を越えた。小さく見えていた建物が大きくなってきた。

「佳世、私な、高志君に手紙を書いて渡したんやけど返事きいひん。私をどう思っているのか聞いてくれへんか」

胸の前で両腕をXに交差させて、佳世の顔をジーっと覗き込んでいる瞳は、熱を帯びてメラメラ燃え上がっていた。

突然静穂に告白された。すでにその気であるのは分かっていたが、唐突だったのでどのように返事してよいのか、言葉が喉に閊えてしまった。心拍がドクドク音を立てた。

ゴンドラが地上のプラットホームに近づいてきた。到着する直前はスピードが速まる。係員の姿が見えたと思ったらドアが開いた。

静穂はさっと飛び降りて、一目散に近くのアンパンマンこどもミュージアムに駆け込んだ。

捨てられたように取り残された佳世は、クラスメイトがたむろしている岸壁に向かってゆっくり歩いた。胸の動悸は鎮まらず足が左右にふらついた。

「佳世！　どうしたん」

みんなが心配そうに近づいてきた。

無視して岸壁に体育座りをして、寄せては返す波に目を落とした。

「変な佳世。さあ、umie《ウミエ》へ行こう。買い物してカフェでコーヒー飲んで楽しもうな。神戸まで来たんや」

「行かへん。ここで海見てる。放っといて」

クラスメイト数人が佳世の両手を引っ張って立ち上がらせようとした。が、お尻が上がらなかった。

「あかん。重い。一トンあるからな」

「何が一トンや！　みんな私を馬鹿にして！」

いつもの冗談が通じなかった。クラスメイトはジリジリ後ずさりした。そして目配せして佳世を残しumieに向かって駆けていった。

＊

楽しかった、とは言えない遠足が終わって十日経った。静穂に「私をどう思っているのか聞いてくれへんか」と頼まれたがまだ高志に話していない。このまま沈黙していても解決しないことは分かっている。しかし今できるのは沈黙だけだ。高志が静穂の愛の告白に応じるとは思えないが、ラブレターを渡したと言っていたので読んでいるに違いない。読めば心がぐらついて私から去っていくかもしれない。高志を奪われたくない、その一心であった。大学進学について両親と相談しなければならないのだがそれも吹っ飛んでしまい、もだえ苦しみ解決策を探して佳世は足掻いた。

自転車を押して帰る仲良しカップルが心の根を絡ませる時間になった。

佳世が後ろから高志に声を掛けた。

「今度の土曜日に嵐山へ遊びに行かへんか。テストが終わったことやし」

と、心底をカムフラージュして誘った。

「うん、行こうか」

テストが終わったので二人とも気分がオープンになっていた。

二日後の土曜日。朝九時頃、自宅から歩いて十分足らずのところにあるJR奈良線黄檗駅の上りホームに高志と佳世がいた。

高志はありふれたブルーのジーンズに、オフホワイトの長袖ポロシャツを着こなしている。胸のところにニューヨークのポロチームの名がプリントしてあった。足元は通学用のスニーカーを履いていた。背負っている緑色のバックパックは「GT」マークの入ったホーキンス。佳世はブラックのデニムパンツに、ブラックのジップアップタイプのパーカーを羽織っていた。胸元からオフホワイトのTシャツを覗かせていた。バックパックはブラックのレザー製である。ブランド品に違いない。多分母親の物を勝手に持ち出してきたのだろう。足元はナイキの白のトレッキングタイプのシューズを履いていた。

ちょうど滑り込んできた四両編成の普通車両に乗った。ギリギリセーフ。車内は観光シーズンに入っているので混雑していた。およそ二十分でJR京都駅の10番線ホームに到着した。降車して乗客の流れに混じり、南北連絡橋に上がるエスカレーターに乗った。奈良線ホームは南の端っこにあるので、そこから北西の方角にある嵯峨野線（山陰線の園部までの愛称）のホームまでかなりの距離がある。混雑しているので通行人とぶつからないように注意して歩行し、0番ホームに下りるエスカレーターに乗った。下りて右に向かえば正面改札口、左に向かえば嵯峨野線と関空線のホームである。

「ちょっと、ちょっとあの子見て」佳世が高志の袖を引っ張った。

前を小学三年か四年生ぐらいの男の子と女の子がちょこちょこ歩いていた。

男の子が、左手で女の子の右腕の袖をしっかり握ってはぐれないようにリードして歩いていた。

「手を握ったらよいのに」、佳世が微笑んだ。

「照れくさいんや、男子はそういうとこがある」、高志は自分に照らし合わせて答えた。

大人の足の流れに合わせて小走りで歩行している児童は、清潔な服を着て白いスニーカーを履き、黒の星印の入ったヒップホップキャップを被っていた。バックパックは佳世たちの物より小さいがパンパンに膨らんでいた。

「あんな年頃からデートするんや、近頃の小学生はませとる。妹の紗世も好きな彼がいるみたいやからな」

佳世は自分たちが同年齢であった頃を棚上げしてニタニタしていた。高志との付き合いはデートという感覚ではなかったのだ。

嵯峨野線の列車内は観光客で込み合っていた。

「ちょっと、ちょっと」佳世がまた高志の袖を引っ張った。

「あの中年男の手を見て、女のお尻を撫でとる」

黒っぽいビジネススーツを着た頭髪の薄くなった男性が同じく黒っぽいビジネススーツを着た長い髪の若い女性を抱きかかえるようにして腰に手を回していた。

「あの女、あんなことされても嫌がってへん。不倫や。服装がビジネススーツ、となっているところが臭い。休日出勤する振りして家族を騙し出てきたんや」と佳世は鋭い目つきで吐き捨てた。

嵯峨嵐山駅で小学生らしい二人連れも、怪しげな男女の二人連れも、仲良し高校生カップルの高志と佳世も下車した。

佳世は駅を出たところでサンドイッチとコーラとソフトクリームを買った。行楽地に来るとソフトクリームを食べながら歩くのが佳世のスタイルである。高志も買ったが手に持っているだけで食べ歩きはしない。行楽客の流れに乗って一群の魚のように渡月橋を渡り嵐山公園の中之島のベンチに腰かけた。

「風がそよそよ渡って気持ちええな。青空に白い雲がポカンポカン浮かんでいる」

高志は胸を反らして大きく深呼吸した。

「今日は天気いいし、新緑が鮮やかや」

と、言いながら佳世はじっと高志の手元を見つめていた。

「ソフトクリーム食べへんの」

「これから食べる」

「私、もう食べてしまった。半分でええし」

「小さい頃思い出すわ。そうやってよくおやつのお菓子取られた」

「変なこと覚えてるな」

「取られたもんはいつまで経っても覚えてるねん」

高志が幼少期の出来事を語ったので、佳世も振り返った。高二になって、十四年間続いてきた交際の別離が見えてきたように思う。高志とは進学先が違うのだ。来年三年生になればはっきりしてくる。高志は京大の法学部を、佳世はどこかの大学を受験し、それぞれの道を歩むことになる。そう考えるとなんだか切ない。

高志の食べかけのアイスクリームを食べながら、遠くを眺めるように、過ぎし幼かった日々に眼差しを漂わせた。

「あれっ、あの子、電車で一緒だった子と違う」

「うん、あの子たちや」

川べりにシートを広げて食事をしている子たちに目が留まった。向かい合ってちょこんと座り、お菓子を一杯広げて楽しそうに語り合っていた。

「イヤー」

佳世は吹き出しそうになって口に手の平をあてがった。

「あの女の子、男の子にお箸を使ってお弁当を食べさせている。頷いているので、おいしいか、味はどうや、と尋ねているんや」

「あれ、ええなー。佳世にあんなことしてもらったことないわ。いつも取られてばかりやった」

「またそんなこと言う」

「あの年頃やから可愛らしくて微笑んで見てられるね。どこへ消えたんか知らんけど、あの怪しげな二人連れも、あの子らの年頃やったら抱き合っていても微笑んで見てられるね」

「そういうことやな。高校生になったら、してはあかんことや」

駅前で買ったサンドイッチを食べ終わった頃、高志が突然佳世に向き直った。

「頼みがあるねん。静穂から手紙貰ってるねん。返してくれへんか」と口元をティッシュで拭きながら、普段の話し方で頼んだ。

佳世は高志の方から持ち出してくるとは予期していなかったのでドキッとした。

「自分で返したらええねん」と自身の心境を隠して探るように小さな声で言ってみた。

「静穂は佳世と同じクラスや。僕は同じクラスと違うので会うきっかけをなかなかつかめへんねん。今日返そう、今日返そう、と思ってタイミング測る毎日を続けて来たんや。多分男女の関係を意識して普段通りの素直な態度取れへんねん。いつもバックパックに忍ばせていて、もう一月近くになってしまった。同じクラスの佳世に返して貰ったらよいと分かっていたんやけど、こんなこと初めてやし、佳世と静穂の仲が一層険悪になると思って頼みづらかったんや」

「返事を書いたんか」

「いや、静穂の手紙は読まんと突っ返すね。読まんでもどういうことが書いてあるのか想像つくしな」

「今日持ってきてるの」

高志は皺の寄った封書をバックパックから取り出して渡した。

佳世は高志が静穂の問題を、こういう方法で返事をした、と受け取った。

二人は渡月橋を渡り直して保津川に沿って亀山公園に向かった。公園の上り坂で佳世が手を差し出したので、高志が自然な手つきで握って展望台まで上がった。

デッキに立つと、運良く眼下に見える保津川を観光客を乗せた高瀬舟が下ってきたところだった。亀岡に向かうトロッコ列車も車体をゆさゆさ揺すりながら走っていった。

高志は佳世の柔らかくてふっくらした手の感触から伝わってくる脈を、感覚を研ぎ澄まして聞いていた。十七歳になったのだ。心も体も成長している。おそらく同じ大学に進むことはないので、離れ離れになれば心の繋がりも薄れていく。確実に言えることは、高校を卒業するまでは繋がっているということだ。それはあと一年半ほどの束の間の期間でしかない。過ぎていく時間がいとおしい。

展望台を離れ、竹林公園の小径に入っていった。竹の葉が風でこすれ合ってサラサラ立てる音を聞きながらそぞろ歩いた。野宮神社まで来たとき、着物を着た二人連れを乗せた人力車とすれ違った。脇によけたら乗っていた女性がニコッと微笑んだ。天龍寺で庭園と障壁画を見学した後、混雑する人波に押されるように、降り立った駅に向かって歩いた。手は繋いだままだ。

今日まで二人が大っぴらに付き合えたのは、両方の両親から咎められなかったことや、町内のおばちゃんたちが好意的に見守っていたことが大きな理由になっている。町の噂の出所になっている梅田のおばちゃんによると、高志の父親は「佳世ちゃんはどんな子かよく知っている。間違ったことにはならへん」と答えていたそうだ。人に頼りがちな息子の性格を熟知して、同じ付き合うなら信頼できる佳世と、という思いがあったとみえる。一方、佳世の両親は年頃になった娘を気にはしていたが、自身の夫婦仲がうまくいかなくなって別居状態になり、咎めるどころか放置するしかなかった。

＊

今日は六月二日、月曜日。夏服に衣替えしたので高校のいつもの教室内のイメージが一新した。

耳鼻科の健診があった。佳世は保健室への移動のどさくさに紛れて静穂に近づいた。

「高志からこれ返してくれって頼まれて預かってきた」

「開封してへんな。佳世が読むなと指示したんか」

静穂は上目遣いになり憎しみでめらめら燃え上がった目で睨んだ。

佳世はムカッとして声を張り上げた。

「高志は勉強に集中したいねん！　邪魔せんといて！」

「あんたに言われとうないわ！　付きまとって邪魔しているのは佳世や！」

周囲にいたクラスメイトが一斉に眼差しを向け注目した。このとき、ホームルーム担任が保健室に入る順番の点呼を始めなければ、取っ組み合いの喧嘩をしていたかもしれなかった。

下校時間になった。仲良しカップルが心の根を絡ませた。

「高志！　返しといた。静穂は泣いてたわ」と嘘をついて様子を窺った。

少し間があった。

「本当は自分で返さなければいけなかったんや。ちゃんと静穂の目を見て返したなら納得したと思う。佳世を介して手紙を返却した意味を、どのように受け止めてくれたか、に掛かっている。僕には佳世がいるので、と突き放したんや」

佳世は感激して目が眩んだ。それでもしっかりと自分の気持ちを表した。

「静穂には折を見て話しとく。このままでは私の気持ちもすっきりせえへん。おそらく小さい頃からの馴れ合いを知らんと思う。諦めが付いたら良いけどなあ。この学校は女子が多いので、男女間にまつわるドロドロした話はしょっちゅう飛び交っている。思春期の男女が一緒になって学んでいるね。起こるべきものが起こらへん方が問題や。要は乗り切り方や。妊娠した子もいるし悩んで不登校になった子もいる。大人になる過程でクリアしなければならない関門やと思う。ちょっとお姉さんめいた言い方をしたかもしれんけど」

「今度のような問題が起こったとき、両親にはなんか気まずくて話せへん。佳世がいてくれたので解決できた。この機会に言うとくけど、二人三脚で将来の頂点目指して駆け上ろうな」

佳世はジーンと胸に込み上げてくる高志の愛の告白を聞いた。直接的な言葉を避けていたので一層深く浸透した。高志に抱きしめられて天空に舞い上がっていくような気分だった。

その日の夜、夕食が終わってから佳世はお父んと向き合った。頭の溶鉱炉は熱く滾っていた。「二人三脚で将来の頂点目指して駆け上ろうな」といった高志が何を指したのか判然としていた。頂点に達する前段階に横たわっている問題を解決しなければならない。

「お父んに頼みがあるねん。大学進学について相談する三者懇談が十三日から始まるね。都合の良い日を予約して行ってくれへんか」

「そういうことはお母さんに頼んでみたら」

「お母んは現在行方不明や。どこにいるのか分からへん」

「忙しいからな。ケイタイで呼び出したら帰ってくるやろ。三者懇談てどんな話をするんや」

「本人と親と先生で卒業後を相談するね。私は進学希望となっているから、どこの大学やったら入れるとか、そのためにはどのような準備をしなければならないとか、学費の問題含めていろいろアドバイスしてくれるね。うちはこのまま放っておかれたらどこの大学にも行けんようになる。宙ぶらりんで卒業することになる」

「お父さんは三者懇談に行っても、娘の進路を決める何の権限もないので行ってもしゃあないと思うけどな。佳世は今の高校を自分で選んで入学したんや。お父さんは何の相談も受けてへん。大学も同じように自分で探して行ったらええねん」

「あのときは、中三になっているのに家事押し付けて放っておくから自分で探さなしゃあなかった（本当は高志に追随しただけ）。大学はそんなわけにはいかへん。受験にお金が要るし、受かっても多額の入学金を納めんならん。年間の学費も高校のときと比べものにならないほど多額や。総額いくらかかるか知ってるのか」

「お父さんは用立てするお金を一円たりとも持ってへん。だからお母さんに頼めて言うてるねん。心配せんでもあいつは都合付けよる」

「お金の問題だけと違うねん。子供を大学に入れる親の心構えも必要なんや。印象を良くして、内申書に、責任持って木村佳世を推薦します、と記入してもらわんとあかんねん」

「しゃあないな。そこまで言うんやったら都合付けるわ」

「本真か？　本真やな。ウワー、ウワー、頼んだ甲斐あったわー」

佳世は興奮して涙で顔をくちゃくちゃにして抱き着いた。

二階の寝室に引き上げるお父んの後ろ姿に階段の下から合掌してお辞儀をしていた。

妹の紗世が近づいてきて後ろから抱き着いた。

「あんな、お姉ちゃん。お父さんは口だけや」

紗世は高熱を出して寝込んでいたとき、お父んはすぐ帰ってくる、と言って出かけてしまい、放置された。昼時になってお腹が空いてきたので自分でパンを焼いて食べた。あれ以来お父んと口を利かなくなった。

「紗世に言っとくけどな、心を込めて頼んだら、ちゃーんとしてくれる。親とはそんなもんや」

「それは他所の親や」

紗世がここまで言ってのけたので衝撃が走った。風邪を引いて寝ていたときのお父んの仕打ちが脳裏にこびついているのだ、と思った。

「あのときのことを恨んで言っているのかもしれんけど、働いているので仕方なかったんと違う」

「お仕事を休んで私に付き添っていてほしかった。大したことなかったけど一人で寝ているのは寂しかった」

「お姉ちゃんに言っているのか」

「お父さんに言っているのや」

お父んにしてみれば紗世の熱が下がったので、部屋に一人ぼっちにしておいても大丈夫だ、もう小四や、と判断して出かけたのだと思う。当時はそんなことをしたお父んに腹の中が煮えくり返って、やるかたない思いをしたのだが、今日は違う。三者懇談に行くと言って親らしい態度を見せてくれたので、見方を切り替えた。自分でも単純やなあ、と呆れたが、それほど嬉しかった。

＊

今日は蒸し暑い。汗が納豆の糸のようにねばねばする。もうすぐ梅雨入りだろう。

三者懇談が始まった。生徒は前日に校内の大掃除をして保護者を迎えた。

授業は午前中で終わったので、仲良しカップルが自転車を押しながら心の根を絡ませる時間がいつもより早くなった。

「高志、塞ぎ込んでいるな。なんかあったんか」

「僕のライバルの服部君を知ってるやろ。あいつが羨ましいね。模擬テストの成績が抜群に良いのでどんな勉強方法してるのか聞いてみたんや。そうしたら学校の授業だけではこんな良い点数取れへん。毎夜進学塾に通っている。その成果が出ている。国公立大に進学するものはこれぐらいせんと受からへん、とはっきり言った。二年生になって行き始めたそうやけど土日以外毎日通っているらしい。塾と学校では勉強の内容がまるっきり違うので最初は戸惑ったとも言っていた。教科書の予習復習ではなくセンター試験の内容に基づいた勉強をするので実践的なんや。知識を詰め込んでおけば良かった時代から応用問題に重点が置かれるようになって内容が様変わりしているようや。英語のリスニングでは聴解力がないと答えを出すのはむつかしいらしい。そんなことは塾に通って初めて知ったと言っていた。塾では過去のセンター試験の内容を吟味して徹底的に分析して次年度の出題を探るんや。最新の情報は進学塾に通っている者は得られるが、通っていない者は知らずに、受験に挑戦することになる。学校の進路指導の先生が得ている情報と比べて、進学を専門にしている予備校や塾の情報量は桁違いらしい。また、学校の先生は確実に進学できる大学を推薦する傾向がある。塾では多少無理があっても挑戦するように指導するらしい。僕の場合、京大の法科をやめて他の法科大学にしとけ、と言うかもしれん。それでは夢が叶わない。どこの大学でも良いのと違う。僕も服部君が行っている進学塾に行きたい。けど家にお金がないのは分かっている、無理を頼めへん」

「それで元気ないのか。私は勇気を出してお父さんに相談すべきや、と思う。お金がないと突き放されたら、週一の現在の塾と学校の授業で頑張るしかないやんか。肝っ玉が据わったら前を向けるわ。誰でも好条件を求めるけど、逆境に耐えて合格したら、恵まれた環境下で合格した者が体験する喜びの倍になって返ってくる。けどな、お父さんは高志の願いを無下にしいひんと思う。心底に溜めていては前に進まへん。あかんで元々や。体当たりすることや。私が一緒に頼んであげよか？」

「自分のことや、助けを求めずに一人で当たってみる。僕は家の経済事情を気にしすぎるのかもしれん」

「私は私立校選抜試験を受けることにした」

「佳世みたいに、家庭の事情があるにしろ、塾に行かんと大学受験に挑む者はまれや。早く受験する大学を決めて対策を講じんとどうにもならなくなるで。何回も言うけど」

佳世は二年生になるとクラスメイトの目の色が変わってきたことに気づいていた。進路先を同じくする者が集まってはひそひそと受験の情報交換をしていた。佳世もその中に入っていなければならないのだが、輪の中に入ることはできていない。

刺激を受けて帰宅し、お母んのケイタイに連絡した。

「お母ん、佳世や」と言っただけで、「後にしてんか。今忙しいので手が空いたらこっちから電話するわ」とプチッと切られた。

ダイニングテーブルに突っ伏して途方に暮れていたら、紗世が背中を上から下に何度もさすってくれた。慰めているつもりらしい。

「なあ紗世、お姉ちゃんはいったい誰に相談したらよいんやろ。お父んは三者懇談に出席すると言ってくれたけど、おそらく先生の提案を聞いて、頷いているだけで、自分の意見は言わない気がする。どう思う」

「私とこは特殊なんや。親に放ったらかされて子供だけでうろうろ右往左往しながら生きている家庭や。気楽でええやんか」

こいつ、なんちゅうこと言うね。小四のくせにやけくそになっとる。

＊

三者懇談の最終日。

下校時間になった。仲良しカップルが自転車を押しながら心の根を絡ませた。

高志が前から佳世に語り掛けた。

「お父さんが、今日の最終三者懇談で担任の先生に進学塾に毎日行かせると約束してくれた。

僕が膝詰め談判して塾に行かせてくれと頼んだ甲斐があった。先生は学校の役割と塾の役割について詳しく説明した。お父さんはかねがね週一の塾通いで京大合格は無理やと考えていたらしい。いくらこの学校で成績が一番でも、それは学校内の評価に過ぎん。国公立大学に多数生徒を送り出している私立高校と比べたら、この学校の成績一番は何の意味もなさない、とはっきり述べた。先生は、受験生は進学塾に通って、受験に精通したプロ集団の指導の下で勉強に励んでいる、と塾通いを推奨した。個人の能力もさることながら受験テクニックを駆使して狭き門に挑む時代なんや。僕もその方法で挑むことに決めた。世の中の倣いに従う」

自転車を押すスピードが今日は違っていた。迷いが吹っ切れて活力が漲っていた。後を行く佳世は元気なく俯いてとぼとぼ歩いていた。佳世の願いは叶えられなかった。お父んは約束した日に来てくれなかった。高志のお父さんは二度も足を運んでいるのに。紗世が言った通り「お父さんは口だけや。親に放ったらかされて子供だけでうろうろ右往左往しながら生きている家庭や」が正しかった。

うちのお父んは何を目標に生きているんやろ。仕事と言えばお母んが六店舗に拡大したビューティーサロン michiyo の一店一店を、犬がおしっこでマーキングした縄張りをクンクン鼻を鳴らして辿るように巡り、不足している化粧品をチェックして電話で注文する。それだけが仕事である。楽と言えば楽だが、やり甲斐がないので憤懣が滾っていると思う。火山はマグマが溜まれば爆発する。捌け口が必要なんだが、お母んはお父んが置かれている立場をどのように考えているのかさっぱり分からん。

いつものように夕食の下拵えをした後、火挟みをビニール袋に隠して自転車に乗った。日が長くなったので午後七時を過ぎても外は明るい。

公園の外周路に入る道路に缶コーヒーの空き缶やスナック菓子の空袋が無造作に捨ててあった。火挟みで摘まんでビニール袋に回収した。ベンチの周辺には煙草の吸い殻が捨ててあった。それらを回収してから、お父んの薄汚い軽自動車に近づいた。父親に会おうとしても、近づいていく序章がないと辿りつきがたいのだ。お父んの軽自動車の周辺には相変わらずゴミが散らかっていた。鼻をかんだティッシュがいつもより多く捨ててあった。拾い上げてからコンコンと窓ガラスをノックした。お父んが助手席側のドアを開けたので乗り込んだ。

「悪かったなあ。あの日に限って、不足している化粧品が多く、発注に時間が掛かってどうしても都合つかへんかったんや」

助手席に座った途端、読んでいた時代小説の単行本から視線を上げて遠くを見遣り言い訳をした。

見え透いた嘘を吐いたので怒りがむらむらっと込み上げてきた。

「もう済んだ。お父んに頼らんと生きていく」

お父んの目が刃のようにキラッと光った。

言ってしまってから、血流が一瞬止まり顔色が変わった。ズキンと心臓の音が鈍く響いた。心の底に抑え込んでいた憤りが飛び出してしまった。親に言ってはいけないことだ、と後悔した。

「お父ん、風邪引いたんか。いつもよりたくさんティッシュが散らかっている」と、様子を窺いながら話し掛けた。

「風邪を引いたのかもかもしれん。もう年や、体が衰えてきた。幾つになったか知ってるか」

「一九六二年六月三日が誕生日なので四十六歳や」

「当たり。西暦で答えるとは参ったなあ」

佳世は胸を撫でおろした。機嫌は損ねていない。

「誕生日に何のお祝いもせんと悪かったなあ。ごめんな」と、気遣った。

「お父さんも佳世に何のお祝いもしてへんのでおあいこや。生まれたんは平成二年の八月二十八日で暑い日やったのは覚えてるで」

誕生日を軽んじているわけではないが、両親はおろか妹の紗世にさえ、「誕生日おめでとう」と礼儀上の言葉を掛けるだけで、お祝いらしき贈り物をしていない。木村家は、お金に困らないが家族間の心温まる気遣いや交流はなく、家族それぞれが心を閉ざし仮面を被って生きている。

「お父さんは体力も気力もなくなってきた。朝、目覚めてその日の空気を吸って、吸ったからには起きなければならないと決心して布団から出るんや。お父さんが仕事に行っても行かんでもこの家の生活が変わるもんではない、軽い存在や。発展性のない同じことの繰り返しで、惰性で生きているようなもんや。この生活は家から放り出されるまで続く。大阪の西成の公園で、段ボール敷いてぼんやり空を眺めている日が来るように思う」

「お父ん、もうやる気なくしたんか」

「店の若い美容師は俺が顔を覗かせても挨拶すらしよらへん。薄汚い野良犬が迷い込んできたので蹴って追い出したろか、てな目つきで仕事しとる。普通なら、こんにちは、と挨拶をして、何々が無くなってます、注文しといてください、ぐらいは言うもんや。態度が悪いので怒鳴りつけたらよいんやけど、その段階で西成の公園行きや。そのようになることを従業員は知っとる」

「お母んが怖いんか？　歯向かったら家を追い出されると思っているのか？」

「もう追い出されたんも同然や。あいつは俺がうっとうしくて、はよ家を出て行きよらへんかな、と思っとるやろ。何となく分かっている。若い男を囲っとるようやし。だから家に帰ってきよらへんねん」

「夫婦間が冷めてるのは分かっているけど、お母んと話し合ってみる気はないの？」

「ここまで来てしもうたらもう遅い」

「商売に励んで見返したったらええねん。他所の美容室に食い込んで売上を三倍にも五倍にも伸ばして、もうお前なんか頼らんでもやっていけるぞ、と強い気構えで挑んだら、お母んは見直すわ。お父んは商品のノウハウを長年の経験でいっぱい蓄えているやんか」

「高二になってしっかりしたこと言うようになったな。お父さんは今の生き方を変えなあかんと思っているだけで行動に移れへん。持って生まれた性格かもしれんけど。近所では髪結いの亭主で通っている」

お父んの目に涙が滲んでいた。

佳世は、家庭内で居場所の存続を懸けてもがき苦しむ生の声を聴いた。何とかできないものかと思案した。だらしないと批判するだけでは子として能がない。お母んと縒りを戻す糸口を見つけるぐらいはしなければならない。そーっと助手席のドアを開け、外に出た。

日が落ちていつもの帰宅時間になって、お父んは「あー　疲れた。腹減った」と言って何事もなかったように帰ってきた。佳世はこの声を聞くと安心した。

夕飯が終わったところで、いつもならこそこそと二階に引き上げるお父んが珍しく、コーヒーを飲みたいと言った。相変わらず鼻汁を啜っているので、お湯を沸かしホットコーヒーを淹れた。

お父んはコーヒーを一口啜ってから、「紗世、何年生になった」と語り掛けた。

「親やのに、知らんの！」紗世の返事は軽蔑を込めた冷たさだった。

「お姉さんな、大学に進む受験勉強せんとあかんねん。もう遅いぐらいなんやけど今からでも間に合う。そこで紗世に頼みがあるね。その先は言わんでも分かっているな。紗世はもう小四や、身の回りのことはできるはずや」

お父んはしっかり紗世の眼を見て、それだけ言って、マグカップの取っ手に人差し指を通して持ち上げ席を立った。湯気が小刻みに震えていた。

取り残された姉妹にちょっと間があった。紗世が静寂を破った。

「お姉ちゃん」と決意を秘めて強い語調で呼び掛けた。普段の甘えた言葉づかいではなくキリッと研ぎ澄ました声だった。

「明日から一人で起きる。目覚まし掛けとく。教科書の準備も寝る前にしとく。着替えも自分でする。朝ご飯も自分で作る。夕ご飯はよう作らんけど。集合場所に一人で行く。学校から帰ってきたら着替えて宿題してから洗濯する。お姉ちゃんにしてもらっていたのはそれだけやったな。紗世はちょっと甘えてた」

佳世の目が潤んだ。お父んが親らしいことを言って、それに紗世が従順に応えたので感激した。親子の関係は閉ざされていなかった。

紗世は言った通り翌日から自分のことは自分で行なった。目覚まし時計が鳴るとパッと勢い良く布団から出て階段を下りてきた。朝食のパンを焼きバターを塗っておいしそうに食べ洗顔、歯磨き、トイレを済ませた。身支度を整えてランドセルを背負い、「行ってきます」と胸の前で小さく手を振り、しっかりした足取りで玄関を出て行った。お父んはどうかな、と注視していたら、紗世が出て行った後に同じように流しに立って朝食の用意を始めた。

「自分でするので学校へ行きや、遅れるで」と、お父んは普通の語調で言った。ならば佳世はどうか。勝手が狂ってもたもたしてしまい、結局腕時計の分針を覗き込みながら必死に自転車のペダルを漕いで学校に向かい、始業開始のチャイムと同時に教室に滑り込んだ。

午後三時頃、七時限目の授業が終わって帰宅する時間になった。

高志は駐輪場の前のベンチに座って佳世を待っていた。

三十分待った。今日に限ってなかなか現れない。しびれ切らして教室を覗きに行こうと職員室の前を通ったら、佳世が先生の前で何度もペコペコ頭を下げている姿を目にした。何か知らんけど怒られとるな、と廊下を行ったり来たりしていたらその姿が佳世の目に入ったらしく、こちらを振り向いてニコニコしながら右手を小刻みに振った。どう見ても注意されているような様子ではない。

安心してベンチに戻った。

佳世が満面の笑みを浮かべて近寄ってきた。

「あんな家族が受験に協力してくれるようになったので、勉強する態勢が整った、と進路指導の先生に報告してたんや。早急に進学する大学を決めると答えておいた。あの先生には家庭の事情を打ち明けていたので、良かった、良かった、と肩叩いて喜んでくれた。待たして悪かった。許してつかわせ、帰ろか、勉強せんならん」

異常なはしゃぎようだった。後ろから自転車を押しながら、音の外れた演歌を唸り、高志についてきた。

「ここから道が狭くなるので気ぃつけんとあかんで」

佳世のいつもの返事が違った。

「あぁ〜分かってぇ〜分かってぇ〜、あぁぁ〜」

ガチャンと自転車のひっくり返る音がしたので高志はびっくりして振り返った。

ひっくり返った自転車は接地を外れた前輪がゆっくり回転していた。佳世は起こそうともせず照れ笑いして突っ立っていた。高志が起こしてやった。その後も演歌の唸りが続いた。

＊

今日は特に蒸し暑い。数日前が夏至だったので、これから暑さに耐える日々を送ることになる。

高志と佳世のクラスはほぼ同時刻に授業が終わった。仲良しカップルが心根を絡ませる時間になった。佳世が後ろから高志に語り掛けた。

「静穂と話し合った。もう心配せんでもええ。彼氏ができたらしいわ。六組の鍵田《かぎた》と付き合っているらしい。髪をウェーブさせ柄物のカッターシャツを着てくるので注意されとる軟派や。静穂も合わすようにだんだんと派手になってきた」

「佳世！　そんなこと放っておいたらええねん」

「せっかく心を砕いているのに気に入らんのか」

「静穂は僕を通り過ぎた」

「後始末をしてあげたんや。人の気も知らんと。もう喋らへん」

二人の間に束の間の静寂があった。

佳世がとげとげしい気持ちを払拭させるように、話題を変えた。

「遅ればせながらみんなと同じラインに就いたので猛ダッシュ掛けるわ」と明るい声で語った。

高志も気を取り直した。

「その意気込みが大切や。佳世は自己憐憫して逃げてたんや。もともと勉強嫌いやったからな」

「そこまで言うか。私のやる気に火が点いたら高志なんて蹴散らすで。塾の夏期講習に参加するつもりや」

「ちょうどええわ。京都駅近くの進学塾が夏期講座を開くね。来月五日の土曜日に受講生の能力テストをするね。一緒に受けに行かへんか。おそらく学力を確かめるテストやと思う」

「分かった、行くわ。家族が協力してくれるようになったので、一流大学に入学してみせる。それが家族に対する最高のお礼や」

「ええこと言うなあ、頑張れよ」

高志がどんと背中を叩いた。

＊

七月十日。塾の能力テストを受けた五日後になる。今日は朝から灼熱地獄。太陽が火炎銃となって地上の万物に照射している。

下校時間になった。仲良しカップルが自転車を押しながら心の根を絡ませた。

高志が浮かぬ顔をして元気がなかった。

「どうしたん？」

高志は俯いたままで返事をした。

「塾の能力テストの結果が家に届いたやろ」

「ああ届いたわ。私は四組にランクされてたわ。一から三組までがAクラスや、四組以下がBクラスや。私は四組に入ったのでBの中で最上位の組や。私にとってはこの位置は上出来や」

「僕はAクラスやったけど二組やった。当然一組に入ると思っていたのでがっかりした。お父さんが結果を尋ねるまで黙ってた。英会話の点数が低かった。古文も歴史も悪かった。服部君は一組に入ってた」

「重点的に勉強する教科が見つかったんや。今月十九日から夏期講座が始まるので頑張ろうな。暑い盛りやけど」

「個別指導受けるか、集団指導受けるか、迷ってる。一口座九十分を五回受けたら一万七千五百円掛かる。五教科全部受講すると、個別受講で十五万円、集団受講で十万円ほど必要になる。まだ二年生やからこれぐらいで済むけど三年生になったら六万円アップするねんで。塾の必修テスト代は別や」

「また、そんなことを心配しているのか。高志がいくら心配してもどうにもならん問題や。費用のことはお父さんに任せといて勉強に専念したらええねん。順当に合格したら、掛かった費用など安いもんや。今日から期末テストが始まってる。まずそれに全力や」

「それにしてもなあ……」

「高志、塾の成績を気にして落ち込んだらあかんで。京都の高校生の学力は全国的に見てどうなのか知らんけど、他校の生徒が混じると高志の学力は坂の上高校の席順のようにはいかないんや。そんなこと分かっているやろ」

自転車が右に左によたよたしていた。

「あっ、高志、もっと左に寄らんと」

今日は道幅が狭くなる例の場所で佳世が後ろから注意した。落ち込んでいる高志の後ろ姿が忍びなかった。大望を抱いて突き進んでいたものが挫折したらどうなるか、心配でならない。

「高志！　終わったことに拘っていたら前に進めへん。元気出しや！」

「分かった。それじゃあな、バイバイ」

「バイバイ」

＊

期末テストが終わった。十八日の終業式を終えるとおよそ一か月間の夏休みに入る。

仲良しカップルが心の根を絡ませる時間になった。

自転車を押して歩いていると太陽がギラギラ照りつけた。路面の照り返しとの暑さのサンドイッチで体全体を茹であげた。日中の気温は三十五度近くまで上がる。

「高志、テストが終わったので今夜宇治川の塔の島へ夕涼みに行かへんか。鵜飼を見に行こうや」

「あんまり気が進まんけどな」

「塾の結果を引きずってるから期末テストも芳しくなかったんと違うか」

「その通りや。なんか気が乗らないでズルズルと終わってしまった」

「気分転換しないと立ち直れへんで」

高志は気が進まないまま頷いた。

佳世は夕飯を済ませて後片付けを紗世とお父んに任せ、高志の家へ向かうため玄関を出た。白地に朝顔の花を染めた浴衣を着て草色の帯を締めていた。赤い鼻緒の下駄を履き、手にカゴ編みバッグを持っていた。

見送りに出た紗世が後ろから、「お姉ちゃん、綺麗」と声を掛けた。

お父んも佳世の後ろ姿をじっと目を細めて見入っていた。

「女らしくなったな。着物を着たら高校生には見えん。男に会いに行くのでいそいそしとる」

娘を眩しそうに眺めていたが首を傾げた。

「なんか様になってないなー。髪をアップにして髪飾りつけんとあかん。俺に相談してくれたらアドバイスしてやったのに。あの浴衣はお姉ちゃんが高校に入学した夏に買ってやったんや。カゴ編みバッグも帯もセットでな。紗世にも高校生になったらお祝いに買ってあげる」

「お父さんにそんなこと言うてもらったん初めてや。まだ先の話やけど嬉しい」

「あの帯は半幅帯と言ってな、普通の帯より幅が狭いやろ。結び方は一文字結びや。着付けをどこで覚えたんやろ」

「動画を繰り返し見てた。私に手伝わせた。何回もおかしくないか、と聞いてた」

「そうか、そうか。その手があったか。親はいらんな」

お父んと紗世が玄関に並んでそんな会話をしながら、姿が見えなくなるまで佳世を見送った。

高志の家の玄関チャイムを押したら父親の高雄さんが出てきた。

「おう、佳世ちゃん、こんばんは……よう似合っている」と目を細めて頭のてっぺんから足元まで目を配った。

「こんばんは」佳世はニコッとはにかんで作り笑いをした。

「塔の島へ夕涼みに行きます。期末テストが終わりましたので気晴らしです」

「あのな」と父親の高雄さんが唇に人差し指を立て、声を潜めた。

「励ましたって。高志はちょっと落ち込んどる」

佳世の頬が紅色に染まった。

励ましたって、は息子を頼みます、の意味だと解釈した。二人の交際は暗黙の了解の上に成り立っていた。暗黙を取っ払って公然にする嬉しい言葉だった。

「高志君と励まし合って受験を乗り越えます」と、高志を引き受けたように答えた。

「母親がもう一つやからな」と高雄さんはさらに声を潜めて、念を押すように言った。

高志は母親を、床の間に飾ってある人形だ、と譬えて冷嘲し突き放していた。家庭環境に恵まれているのは上辺だけで内実を伴っていないのだ。

高志が廊下を歩いてくる足音がした。

「それでは行ってらっしゃい」

父親は意味ありげにニコッと頬の筋肉を緩めた。

忘れられない出来事

「お待たせ」

高志はブルーのジーンズに、父親の柄物半袖開襟シャツを着て現れた。アンバランスな姿を見て、こういうところに母親の役目が働いていないのだ、と悟った。

十三重石塔がある塔の島は宇治川の中州を整備した公園だ。夏の時期は本流から派生した塔の川で鵜飼が行なわれる。夕涼みを兼ねてこの島を訪れる人は多い。

私鉄の宇治駅で電車を降りて瀬音を聞きながら川上へそぞろ歩いて十分弱、宇治神社の赤い鳥居が照明に浮かび上がっていた。神社の前に塔の島へ渡る朝霧橋が架かっている。まだ西の空がほんのり明るく、川風がそよそよと気持ちよく頬を通り過ぎた。

塔の島をそぞろ歩いて喜撰橋を渡り、船着き場に下りた。他の十人ほどと一緒に一艘の乗合船に乗った。この日は貸切船と合わせて六艘が出た。

闇は急速に風景を呑み込んでいく。観光船に吊るされた提灯の明かりがゆらゆら揺れて幽玄な雰囲気を醸し出していた。

座布団を敷いた船底に座ると視線が下がるので、小波立つ暗い川面がグーンと迫った。

上流から、風折烏帽子に藍色の上着、下は腰蓑姿の女性鵜匠が、五羽の鵜を細い糸のような追い綱で操って泳がせ近付いてきた。船の舳先から突き出た篝火《かがりび》が川面を赤く映し出した。

船を操っている船頭が櫓で船縁をバンバンと叩いた。それが合図になっているらしく鵜が一斉に潜った。浮かび上がったときは魚を咥えていた。

高志は「うーん」と唸った。

佳世は「お見事」と拍手した。

「せっかく捕獲しても喉元を括られているので飲み込めないんや。分かっていても繰り返すんやな。喉をグイグイと強く掴まれて吐き出されるのにな。これが宿命とでも思っているのかもしれん」

「そんなこと考えてるの」佳世は風物を受け入れず理屈を捏ねようとする高志に呆れた。

相席となった他の乗船者は情調に富んだ鵜飼見物にくつろいでいた。貸切船では手拍子を交えて宴が始まっていた。およそ一時間で夏の趣ある宴が終了した。

下船後、塔の川を流れに沿ってそぞろ歩いた。高志は何も語り掛けなかった。

「いったいどうしたんや。楽しくないのか」

「別に」と高志はぶっきらぼうに答えた。どこを見ているのか目は虚ろだった。鵜飼を楽しんだようには見えなかった。絶えず溜め息を吐いていた。

「あのひときわ輝いているのは金星と違う。なんで星はきらきら瞬くんやろ」と佳世は夜空を見上げ、独りごちた。

「空気が風で揺らいだら光も揺らぐ。瞬《またた》いているように見えるわけや」と、またしても理屈を捏ねた。

　佳世は、「フン」と夜空を見上げ返事をした。

　そのとき、突然高志が喉から絞り出すように、「苦しい。重圧で夜眠られない。このままではノイローゼになる」と、告白した。

　父の高雄さんが「落ち込んどるので慰めたって」と息子を預けた言葉が突き上げてきた。

　佳世の下駄の音が止まった。

　暗くてよく分からない高志の目の表情を覗き込んだ。

「高志、それほど苦しいんか」

「ああ。常に点数が頭の中で四方八方から攻撃してくる」

「時折、羽伸ばしてリフレッシュせえへんからや。何にでも同じことが言えるけど、勉強にもメリハリが必要や。一本調子で勉強していても効果が上がらへん。暑い時期やけどジョギングせえへんか。ひと汗掻いたら、スカッとして活力が湧いてくるわ」

「言うてることはなんとなく分かるけど、こんな暑い時期に走る気ぃせえへん」

「では、どうしたらよいの。なんか解決法があるのか」

「学校に行くのが怖くなった。家に籠って登校拒否するしかない」

と高志は苦しそうに吐露した。

「そんなあかんたれでどうするねん！　しっかりしいや！」

佳世は思わず高志の頬に平手打ちをくらわした。汗がビシャッと飛び散るほど強烈だった。

高志は頬に片手を当てて佳世を睨みつけた。

「気合入れられてもどうにもならん。逃げることになるのかもしれんけど、しばらく学校を休んで休息する」

佳世を残してさっさと足早に歩き出した。

佳世は叩いた手を袖に引っ込めて呆然と突っ立っていた。高志が私の意見を受け入れるか受け入れないかは別として、この日のことは一生忘れることはないだろうと思った。

往来の激しい宇治橋を渡って私鉄の宇治駅まで戻ってきたところ、高志は佳世の分の切符を買って改札口で待っていた。帰りの電車の中でも高志は無言だった。二駅先で降りて自宅に帰る道中でも無言。高志の家の前で手だけ振って別れた。

＊

翌日、授業が終わると駐輪場の前のベンチでいつものように待ち合わせた。

喧嘩をしても、下校時の仲良しカップルが心の根を絡ませるのは変わりなかった。

「高志、機嫌悪いな。まだ怒ってるの」

「別に怒ってへんけどな。もうちょっと大人の付き合い方をしような。いつまでも小さい頃からの延長ではなく」

「手を挙げたのは間違いやった。まじで謝る、悪かった」

「僕はときどき悩んで気弱な面を見せるけど、そんなときは軽くいなしてくれたらよいんや。叩かんとな」

「悪かったと謝っているやんか」

「まじか」

「叩いたんは左側の頬やったな、チューしたげるわ」

「ごまかすな！　それでは謝ったことにはならへん！　口先だけや！　家に帰ってきたときお父さんが僕の顔を覗き込んで、『ははあーん、喧嘩したな』と尋ねよったので、『ああ』と返事したら、『その様子では負けたんやろ』と言って笑ってた」

「高志のお父さんは我が子をよく観察しているわ。うちのお父んは私の様子を見て、何の反応も見せへんかった。何にも気づかなかったのか、気づかない振りしてたんか分からんけど」

「僕のお父さんは我が子を監視しすぎや。もう少し放ったらかしにしておいてほしいわ。一緒に住んでみたらどんな人間か分かるわ。佳世の性格とおんなじや。気に入らんかったら暴言を吐くし手を挙げる。避けるには黙って従うしかない。僕は家庭でも佳世と一緒にいる時でも、しっぽ巻いて蹲《うずくま》っている弱い犬や。けどこれからは噛みつくで」

「えらいハッキリ言うたな」

高志は返事もせず自転車に跨るやビューーと走り去った。

「あっ」佳世は手指を丸めて口にあてがい茫然と見送った。

こん畜生。自転車に飛び乗って追いかけた。

高志は道路幅が狭くなるところで片足を着いて待っていた。

「また難癖付けられたら困るからな。ここから道が狭くなるので気ぃつけんとあかんで」

「お先に、さいなら」今度は佳世が孟スピードで追い越した。

「待てー」高志は追いかけた。

萬福寺の総門の前まで追いかけっこして帰ってきたところ、町内の梅田のおばちゃんに見つかった。

「あんたらもう高校生やで、小学生と違うで。いつまで自転車を乗り回して遊んでるの」と呆れ果て、肩をすぼめてニヤニヤしていた。

昨夜の落ち込みは何だったのだ。ノイローゼになるとか言って気を揉ませやがって。さては……甘えやがったのかな。頬っぺた叩いてほしかったんかな。小さい頃に戻りたかったのかもしれんな。

佳世は独りごちた。

＊

今日は七月十九日、金曜日。一学期の終業式であった。

仲良しカップルが心の根を絡ませる下校時間になった。

佳世は強烈な太陽光から肌を守るため日傘をさして自転車を押していた。高志は鍔の広い麦わら帽子を被って俯いてとろとろと自転車を押していた。

「ちょっと、前のおっさん？」

「何やねん、後ろのおばはん」

「期末テストの成績悪かったやろ。自転車がなよなよしてるわ」

「それがどうしてん。おばはんよりはましや」

「うち、これまでで一番良い成績やった。平均七十五点やった。先生が私の顔をまじまじ見て、どうぞ天変地異が起こりませんように願います、と肩をポンポンと叩いてニタニタ笑いよった」

「まじか、七十五点取ったんか。僕と変わらへん」

「私な、狙うで。京大の法科を受験するからな。覚悟しときや」

「調子に乗るな。そんな点数取ったんは今回初めてやろ。まぐれや」

「ゴールは一年半後や。センター試験にピタッと照準合わせて頑張る」

「僕も負けへん。佳世に負けてたまるか！」

互いに競争心を剥きだしにした。

佳世は返事代わりに、後ろから高志の自転車の後輪に前輪をコツンとぶっつけた。

振り返った高志が、「佳世、二十三日やで。分かってるな。遅刻したら教室に入れてくれへんで。初日はいろいろ説明あるので三十分早く行かんとあかんで。そのように書いてたやろ」と念押しした。

「ふふふ、これまでの佳世と思ってたらあかんで」

「よしっ、その心意気や。ここから道が狭くなるので気ぃつけんとあかんで。日傘を傾けんと」

「言われんでも分かってまーす。おっさんの麦わら帽子、ジャマや」

高志の家の前まで帰ってきた。

「それじゃあ、バイバイ」

「バイバイ。二十三日やで、忘れんなよ」

＊

高志がしっかり念押しした七月二十三日。夏休みに入って四日目になる。

佳世は蝉の鳴き声に見送られ駆け足で高志と待ち合わせているＪＲ黄檗駅に向かった。

二分前なのに高志が来ていない。えー、こんなことあるんか。二十三日やで、忘れんなよ、と活入れていたくせに。

脅かすつもりで隠れているのかな、とキョロキョロと上り線ホームを端から端まで目を配った。この駅は田舎の貧相な構えでホーム幅が狭く、身を隠す場所はない。列車が到着したときにケイタイが鳴った。耳に当てて列車に飛び乗った。

「下痢が止まらへんねん。今日休んで明日から受講すると塾に電話しといた」

胃腸が弱いのは知っていた。今日は塾の夏期講習の初日だ。こんなことで緊張して下痢になっているようでは先が思いやられる。センター試験の日に下痢が止まらないので……と、やりかねない。体を鍛えなければどうにもならない。やっぱりジョギングを強制せんと。

佳世は一人で受講した。一人といってもクラスは二十八名だった。

一講座九十分の受講が終わった。午後の部は一時に始まる。

気になったので高志のケイタイに電話した。

「初日に下痢で休むとはどういうことや！　体を鍛えんとあかんで。センター試験まで長丁場になるので、体力のない者は振るい落とされる。これから東部公園を三周しといで」

と、長年の付き合いからくる命令口調で指図した。

「情けない、と、自分でも思う。薬を飲んで明日は必ず行く」

佳世は昼休みに教室の長椅子に座って持参した弁当を食べた。冷凍ハンバーグはレンジでチンすればいいので手軽だが、弁当のおかずに入れてくる者は稀だ。ブロッコリーが言い訳するように一つ添えられていた。二段式になっている弁当のご飯はぎゅうぎゅうに詰めてお米の形が潰れていた。格好つけてサイズの小さい弁当箱を使用しているとはいえ、きれいに平らげて、まだ物足りないのでコンビニへサンドイッチを買いに走った。

午後の九十分授業が始まった。学校ではパンパンに膨らんだお腹を抱えて睡魔と闘っている時間に当たる。今日は丸い目を大きく開いて耳を兎のように立て集中していた。

初日の講習を終え家に帰ってきて早速高志に電話した。

「みんなの気構えが違うわ。学校のように早く終わらないかなと、緩慢な眼差しで受講している生徒はいいひん。講師も熱弁を振るって講義に集中させていた。銃を持ってセンター試験の会場に乗り込め、そこは戦場や、と言っていた。それからな、学校で習ってない項目もあった。講師は教科書を基にしていると言っていたけど、大学進学生しか入学させていない私立学校と、卒業したら社会に出ていく生徒も万遍なく受け入れている公立校では、授業の科目も使用している教科書も違うんや。成績に差がつくのは当たり前や。本番になったら全国の高校生を相手にしなければならないんや。レベルが低いも高いも一緒くたや。京都という地方区から全国区に対象を広げて勉強せんとあかんわ。そうしないと受験競争に勝てへん。東京の進学塾の講習を受けてみたいわ。通信教育があるしな」

佳世は興奮して声を張り上げ捲し立てた。

その夜遅く、高志がハアハア荒い息遣いでケイタイに電話してきた。

「夜の公園を走るのは怖いので町内を走ってきた。おばちゃんたちが冷やかすので恥ずかしかったけど頑張った」

「明日、必ず出てこんとあかんで。この段階で振り落とされたら京大法科はないで。外交官は夢想に終わってしまうで。おやすみ」

佳世は慰労せず突き放した。

＊

八月になった。連日の猛暑で草木は萎れ犬猫もぐったりし元気がない。

京都は地形の関係で全国有数の高温都市である。昨日の公式最高気温は三七・二度。日本の主要都市の中で最も高かった。

高志と佳世は進学塾の夏期講習に通いだして二週間過ぎた。授業を受けている教室が違ったが、午前に一教科、午後に一教科受講した。質問の時間を含めても午後三時には終える。

受講が終わってから二回目の模擬試験を受けた。初回の模擬試験での評価は厳しいものだった。高志は国公立に合格するラインに届かなかった。理数はまあまあだが英語と古典に弱い、となっていた。佳世は関関同立は受かりそうだが、ぎりぎりのライン上にある。国公立は難しい。基礎学力が身に付いていない。特に理数に問題がある、と指摘された。

講習が終わって塾が入っているビルを退出した。烏丸通を下り、京都駅の下を南北に貫いている地下道を歩いて、商業施設のアバンティに出る階段を上っていった。ニョキッと地上に顔を出すと自動車の騒音が脳神経を震わせた。近くに大きなホテルがあって各方面に向かう長距離バスの発着場もある。綺麗な公衆トイレもある。なによりもここに来る目当てのベンチがある。

仲良しカップルはここで心の根を絡ませる時間をつくっていた。

「ちょっと遅くなるかもしれんけど今日も走るつもりしている。佳世も走らへんか」と高志が誘った。

「遠慮する。陽が傾いても沈む前なので、路面が火傷しそうなほど熱い。一人で走ったら」と佳世は拒否した。

「走れ、と言ったんは佳世や。体調が良くなったので続ける」と高志は強い意志を示した。

「確かに私やけどな、神経性胃腸炎を克服する目的や。あんたのためを想って勧めたんや。私は胃腸が丈夫やから走らんでもええ」

「一人では心細いんや。止めてしまうかも分からん。そうしたら胃腸炎でダウンして塾に通えんようになる。京大に落ちる」

「あんた！　落ちたら私に責任を押し付ける気か？」

「また怒る。一人で走るわ。スマートになると思って誘ってるのに」

「口が上手になったな」

「梅田のおばちゃんら四、五人が夕涼みを兼ねて床几に座り見物するようになったんやで。お茶飲みながらお菓子食べて、ぺちゃくちゃ喋っている。佳世ちゃんも走ったらスマートになるのに、と言うてた」

「今度は煽てて誘導するのか」

夕方になった。短パンにTシャツ姿の二人が姿を現した。

「二人で走り始めたなあ。高志君は背が高いし足が長い。スタスタ走っているけど、佳世ちゃんはおっぱいをゆさゆさ揺すって、太股の肉をタプタプ泳がせてドスンドスンと地響き立てて追いかけてるわ」

「小さい頃は佳世ちゃんが高志君を『こらあー、待てー』と追いかけていたんやけどなあ」

「うちの子は佳世ちゃんに遊んでもらってたけど、泣かされて帰ってきたこともある」

「ガキ大将やったからな」

「あの二人、高校生になっても交際続けているなあ」

「男と女やから中学生になったら意識して別れると思っていたけど、その時期が過ぎても続いていることは、このまま結婚してしまうのと違うか。そのようになるように嗾《けしか》けたろか」

「どうやろ、大学生になったら変わるかもしれんで」

「まさか同じ大学に行くことはないやろ。高志君は優秀なので京大を受験させたいとお父さんが言っていた。佳世ちゃんは頭が悪いという噂や」

「あの子は家のおさんどんに追いまくられて、勉強どころではないのと違うか。母親が出ずっぱりやからな。妹が小さいので仕方ないと思うけど」

「来た、来た。地響きがしてきた。これで四周目や。あと一周や」

「佳世ちゃん頑張れー。高志君と手を繋いで走れ！」

「あいよ。スマートになるから応援してね」

佳世は笑顔を作って片手をひらひらと振って応えた。

「愛嬌は逸品や。うちの孫が、佳世さんは胴体がハムで、その上に頭をのせて手足をくっつけたような人や、と言うとった」

「ちょっとひ弱いところのある高志君に似合いの嫁さんになるで。あの体力で子供をポコポコ生むのと違うか。やっぱりくっつくように嗾けなあかんな」

二人は近所の噂など何のその、町内を五周してジョギングを終えた。

＊

今日は二学期の始業式である。長かったのか短かったのか、およそ一か月に亘った夏休みは終わった。登校すると早速大掃除をした。綺麗になった教室で一年生と二年生は課題テストが行われた。センター試験に挑む三年生はカリキュラムに沿った授業を始めた。譬えるなら第三コーナーを回ってホームストレッチを全力で走り始めたことになる。

二年三組のホームルームで担任の先生がいつもと違う厳しい語調で注意した。

「先生は皆さんを信じています。夏休みを補習に当てた生徒がほとんどだと思います。が、高額のバイト料に誘われて反社会的な仕事に就いた生徒がこの組から出ました。まだ決まっていませんがおそらく退学処分になると思われます。世の中には世間知らずな生徒を勧誘して悪の道に誘い込もうと手ぐすね引いている大人が鵜の目鷹の目で待ち構えています。楽に稼げるバイトは存在しません。もしあるとするなら、裏に犯罪が潜んでいると考えてまず間違いありません。もし誘われたら勇気を出して学校に相談してください」

佳世は静穂が欠席していることについて変な噂を聞いた。

「三組の静穂と六組の鍵田の二人が警察に補導されたみたいや。やばいバイトに手を出したんやて」

どうやら、オレオレ詐欺グループの一員に組み込まれて、指示されるがままクレジットカードを受け取りに行って捕まったようだ。

夏休みを高志や佳世のように大学進学という大きな目標を持って勉強に没頭した生徒は悪の手が忍び寄るスキを作らなかった。それ以外の者は一か月に及ぶ長い期間をバイトに精を出し小遣い稼ぎをしていた。ＳＮＳで〈＃短期バイト〉〈＃高額希望〉と打ち込んで探せば直ぐに、〈一日十万円可能〉という情報が見つかる。〈身分証明は学生証で可〉となっていれば安易にコピーして応募してしまう。いったん引きずり込まれたら、親や学校にバラすと脅されて抜けられなくなる。社会に出る関門を前にして静穂と鍵田は躓いた。

仲良しカップルが自転車を押して心の根を絡ませる下校時間になった。

先を行く高志に佳世が後ろから語り掛けた。

「夏休みが終わって一か月ぶりに顔合わせたら溌溂として眩しい姿で出てきた者もいたし、こいつ何しとってん、と嘆きたくなるほど、しょぼくれた姿で出てきた者もいた。過ごし方が充実していたか、だらだら生活していたかの違いやと思う。私はこの休みの間に受験する大学を絞った。国公立を狙うと大きなことを言うてたけど、塾の成績を見て、実力に応じたほどほどのところを探すことにした。私学の一般受験にするか学校推薦にする」

「学校推薦は英検一級とか、スポーツなら全国大会に出場したとか、推薦してくれる条件がいる。佳世はこれといった特技がないので一般推薦になると思う。大学によっては目立った実績がなくても小論文と面接で意欲が伝われば合格できるところもあるらしい。佳世は物怖じしないし雄弁なので自分をアピールする能力に長けている。心配することはないと思う」

「学校推薦と一般入試と二通り考えている。センター試験も受けてみる。三回、入試受けるつもりや」

「そういう考えの人は多いように聞いている。一年後に迫ってきたので、早く受験校を決めんとあかんで。何度も言うてるけど」

「地方の私立大学は定員割れしているとテレビで報道していた。少子化で志願者が少ないねんて。ある私立大学の法科の名も挙がってた。高志が見向きもしない大学やけど、私はそこでもええかなと思っている。入学してから国家試験に向け、それこそ死に物狂いで勉強する。今は高学歴の時代や。有力な資格がないと安定した職に就けへん。高志は大学の箔に拘っているやろ。最終は外交官試験であることを忘れたらあかんで」

「別に京大でなくとも、と佳世は言いたいのだと思うけど、小さい頃からの夢を叶えたい。夢を実現させるために今日まで勉強してきたんや」

「ロマンチストやな。もっと現実的になった方が良いと思うで。高志が外交官に向いているかどうかも考えんとあかんで。京大に入学して国家公務員採用総合職試験までは本人の努力次第でクリアできると思う。その後に外務省専門職員採用試験が控えている。英語で自分の考えを述べるには人並み以上の語学力が必要や。英語以外の言語も試される。自分を売り込むパフォーマンスも必要や。語学が苦手と違うの？　どちらかと言えば人見知りして集団の輪の中に飛び込んでいくのは苦手と違うの？　そんな人がどうやって外交官の道に進んでいけるの？体力面も心配や。デリケートで神経性胃炎を発症する人が、知らない人の中でどうやって生活していけるの？　大学を卒業して社会に出たら誰も面倒見てくれへんで。お父さんの手から離れて生きていくんやで。理想は誰にでもあるけど成長するにしたがって理想とする位置から自分相応の位置を見つけ、そこに落ち着くんや」

「僕に外交官になる能力はないと言いたいのか」

「能力とは学習能力が高いだけのことを言うのと違うで。級長をしていたほど頭が良いのに世間に埋もれている人はいくらでもおる。飲まず食わずで仕事に打ち込む強靭な体力も、打ちのめされてもへこたれへん図太い神経も、どんな場面でも突進していく獰猛《どうもう》さも、その人が持っている全てのことを能力と言うんや」

「なんかむかつく。僕に欠けているものがあると言っているようやけど、まだ十七歳や。先天性の部分に知識と体力を追加していったら大成できる。大学生になって院生になって、外務省に入省し、前途洋々や。佳世！　もうこんな話はやめよう。気遣ってくれるのはありがたいけど、一度の人生や、僕の考えで突っ走る。方向転換したらこれまでの努力が水の泡になる。僕を今日まで育て、支援してくれてるお父さんに顔向けできない。僕の気持ちを分かってほしい」

「分かった。もうこのような話はしないことを約束する。やる気を削ぐようなことを言ってごめんな。それじゃあ、バイバイ」

「バイバイ、また明日な」

佳世はそのまま家に帰らず萬福寺の総門を潜った。今の気持ちを誰かに聞いてほしかった。高志が自分の手から離れていく、そんな気がしてならなかった。放生池の長椅子に座って蓮を眺めていたら、まるで正面の三門が中に入るようにと促しているように思えた。

境内は広い。大雄寶殿《だいゆうほうでん》の十八羅漢《らかん》の前に立った。小さい頃は、見上げる自分の目線と見下ろす羅漢さんの目線が合ったので順々に巡ってにらめっこしていた。ニコッと笑えば羅漢さんも微笑んでくれた。阿呆と睨みつけたら羅漢さんも怖い顔をして睨みつけた。背が高くなった今では膝を屈めて視線を合わさなければ、にらめっこできなくなった。

羅睺羅尊者《らごらそんじゃ》の前に立って腰を屈め目線を合わせた。両手でお腹を左右に割って中の仏を覗かせている奇怪な尊者である。小さい時は不気味だったが、今ではこの尊者と対面し自分の胸中を晒すことが多くなった。

「尊者様、私は大切な人に見捨てられたのでしょうか」

「人はフラフラと彷徨う時がある」

「待っておれば戻ってくるのでしょうか」

「御身《おんみ》次第だ。魅力があれば戻ってくるのではないか。相手を信じるしかないな」

浄財箱に十円硬貨を一枚落として大雄寶殿を後にした。

夕方、佳世が珍しく玄関を掃除していたところに高志が自転車を漕いで通りかかった。

「どこ行くの」

「妹の志乃が東部公園で友達と遊んでいて足を挫いて歩けなくなった、と連絡してきたんや。それで迎えに行くねん」

「私も行くわ」

「頼むわ。あいつは中学生になってから扱いにくいね。ちょっと体に手が触れただけで、いやらしい、スケベ、とか言って変な目つきをするので困るんや。佳世が手を貸してくれたら助かる」

東部公園の芝生広場に着いて志乃の友達の柄の悪さに驚いた。制服を脱いで私服に着替えているとはいえ、中学二年生が身に着ける衣服ではない。透け透けのブラウスを着て、太股をあらわにしたショートパンツ、あるいは派手な色合いのミニスカートを穿き、胡坐《あぐら》をかいて芝生に座り込んで煙草を廻し吸いしていた。

眉をひそめたら、こそこそと煙草を芝にこすり付けて揉み消した。

足を引きずっている志乃ちゃんに痛み具合を聞いていたとき、前を佳世のお父んが運転する軽自動車が通った。

気付いた高志はぴょこんと頭を下げたが佳世は気付かない振りをしてやり過ごした。

「志乃ちゃん、振り落とされんように私の背中にしっかり掴まっとりや」

結局志乃は佳世の自転車に乗って自宅に帰った。

＊

九月になった。真夏日が続いていても学校の行事は二学期モードに切り替わった。校外と校内に分かれて二日間行なわれた文化祭が終わり体育祭の準備に入った。

仲良しカップルが心の根を絡ませる下校時間になった。

高志が二学期の到達度テストの結果を話題にした。

「僕は予定通り進んでいる。塾に毎日通って、東京の進学塾の通信教育を受けて、忙しくて気の休まる暇がないけど、成果が出ているので励みになる。一時の落ち込みから立ち直った。成績が良いと悩まんでよい」と自信に満ちた答えを返してきた。

「私はまああや。私学を受けると決めたのでこのまま進んでいったら大学生になれる」

「進学先を決めたようやな」

「その外国語大学の偏差値は五十五や。私の実力からして絶対に入れる。京大の法学部は七十四や。絶対に入れへん。分相応の所を選んだ」

「出願提出は期限ぎりぎりにすると言ってたけど、提出書類を整えなければならない先生は急かすで。それで、将来何になるんや」

「フフフ、内緒や」

「佳世のことや、とてつもない分野に進む気やろ。家業を継ぐ気はないんか」

「美容界は向いてへん。お母んから離れて違う道を進む。高志を安心させるために言うとくわ。外交官になる。びっくりしたか」

「まじか……」

「私は商売人の子や、計算高いで。卒業して就職した際の初任給を調べたら外務省に総合職で入省したら二十三万三千円も貰える。こんな高い初任給出してくれるところは他にないで。しかも安定しているしな。それでここに決めた」

「聞いて呆れるわ。初任給が高いので決めたとは」

「それは言い訳や。面白いので言うただけや。私の話を聞いてちょうだい。ウフフフ」

声色が不気味に翻った。

「外務省を志すには高い理念が必要や。緒方貞子《おがたさだこ》さんを目標にするね。この人に憧れてんねん」

「どう考えても佳世と結びつかんな」

「国連の高等弁務官として難民の支援に当たった人や。家柄や学歴からして、もっと華のある部署で活躍しても良さそうなのに、裏の仕事を受け持って今も頑張ったはる。私はいわば国内難民の一人や、家族のために犠牲になってきた。決して恵まれた生き方をしてきたわけではない。私が選んだのは二流の大学や。二流の大学を卒業しても二流の会社にしか就職できひん。ひょっとしたら非正規の職に甘んじることになる。二流の大学を出て一流になるにはどうしたらよいか考えていた時、この緒方貞子さんをユーチューブで知ったんや。この人によって私の将来が決まったも同然や。私はまず英会話を身に付けるために外国語大学に行く。卒業したら法律を勉強するため法科大学院に行く。在学中に国家公務員採用総合職試験を受ける。そして外務省専門職採用試験も受ける。外務省に入省したら私のような家庭の雑事で勉学を妨げられている各国の人を助ける仕事に就く。幸い私の家にはお金がある。その間の学資は心配せんでもええ。腰を据え、緒方貞子さんを目指して頑張る。……この高校を卒業したら別々の道を歩むことになるけど」

「進む大学が違うだけや。家も近いし、いつでも会える。宇治川べりを散歩して桜やもみじを見て季節の移ろいを楽しんだら良い。夏になったら鵜飼を見に行ったら良いね。足腰が弱って歩けなくなるまで」

佳世はこの高志の励ましに胸が熱くなった。

今日の授業は、明日が体育祭なので四十五分授業に短縮された。佳世は高志に将来の進む道を語って踏ん切りをつけた。残る課題はお母んと話し合って学費を出してもらう取り付けをしなければならない。

＊

お母んを家に帰ってこさせるため強硬な手段をとった。

ケイタイにメールを送った。

〈いつまでも家族を放ったらかして帰ってこないんやったら、家なんて必要ない。放火したる〉

忘却の彼方にあったお母んは娘の脅しに嵌まって帰ってきた。

佳世は久しぶりにダイニングルームで対面した。流行の衣服と厚化粧の下に隠れている生の母を目の当たりにした。正直言って疲れていた。すっかり老けた顔になって目尻の皺が増えていた。首の皮膚も弛んでいた。その姿を目の前にして、意気込んでいた気骨が萎えそうになった。それでも自分の将来が掛かっているので、佳世は勇気を奮って立ち向かった。

「ちょっとも連絡せんと、子供やお父んを放ったらかしてどこで何してたんや。母親としてどう思ってるの」

久しぶりに会った娘から詰め寄られて母は身構えた。

「こんなことは今まで佳世に話したことはないけど、経営が行き詰まってきた。つなぎ資金対策に走り回る毎日を送っている。月末には従業員の給料を支払わないといかんし、仕入れた業務用品の支払いもしなければならない。いつまでも古い用具を使っているわけにはいかへんので最新のものに買い換えなければならない。店もあちこち傷んできたのでメンテナンスに追われるようになった。それにな、昨今の不景気で客足が落ちてる。今は金利が低いからええようなもんやけど、上昇してきたら経営破綻する。京都左京の清水店はビューティーサロンmichiyo の旗艦店や。腰を据えるため店の二階の一室で寝泊まりしている。そういうことはお父さんと相談して決めた。子供が大きくなったので大丈夫やとお父さんも言ってくれた。この店は従業員宿舎を兼ねているので、何気ない会話から流行りをキャッチできるし、何よりも絆が深まって人の流出を防げる。油断してたら、引き抜かれるか独立していく。神経が休まることのない日々を送っている」

経営が順調だと思っていたので、頭をガツーンと殴られたかのようだった。巷では販売不振に陥り倒産とか、店終いとか、耳にするが、私とこは大丈夫だと勝手に判断して気に留めていなかった。お母んの店もご多分に漏れず経営が苦しいことを初めて知った。

「何にも知らなかった。状況を話してくれへんからや」

「佳世に話したところでどうにもならんがな。心配せんでもええで。話があるんやろ。大学進学のことやろ。お母さんは中卒や。はっきり言って大志を抱いて大学に進むんなら全面援助するけど、みんなが行くので大学に行っとかなあかん、程度の理由で進むんやったら反対や。美容師になって後を継いでくれと強制しないけど、手に職をつける専門学校に進んだ方が良いと思う。例えば看護師になるとか」

佳世は自分の進む方向を、緒方貞子さんを持ち出して懇切丁寧に説明した。母親の胸に飛び込んで熱く語り心を揺さぶった。

「大それた希望やけど、よう分かった。外務省に入るため外大を経て法科大学を卒業して大学院まで行かせてくれということやな。佳世の学費ぐらい捻出できる。経費を節約して従業員一人解雇したら済むことや。佳世はそのことを頭に入れとかなあかんで。犠牲になった人の分で大学に行くんやからな」

母親が娘を諭す思いは厳しかった。

「私は家にいないときが多いので何事もお父さんに相談しいや。あの人は頼りないように見えるけど、判断が必要な岐路に差し掛かったときは適切な道を示す人や。若い頃から家のことはお父さんに任せてきた。今日までちゃんとやってくれてる。そら、不満は渦巻いていると思うけど、不満のない人間なんていいひん。お母さんは、佳世は表に出るよりどちらかと言えば裏で支援する仕事に向いていると思っている。さっき看護師はどうやと勧めたけど、弱者に寄り添うこともできるし困難に立ち向かう根性も忍耐力もある。愛嬌があって憎めへん特質を持っている。絶望している患者さんの女神になると思ったけど、佳世の話を聞いて私の考えと違った。佳世が熟慮した末の結論やからそれで良いと思う。法律を勉強して国家公務員になって外務省に入省できたとしたら、マスコミにもてはやされる華々しい出世街道を進むのではなく、恵まれない人の縁の下の力持ちになって尽くす仕事を選ばんとあかんで。高志君は外交官になって華々しく活躍したいようやけど相談したんか」

「一人で決めた。高志君とは別な大学に行くので高校を卒業したら別れることになる」と言い切った。

「そこまで覚悟して決めたんなら、お母さんは応援する。途中で挫けたらあかんで、女子大生になったら誘惑が多いからな。遊びに嵌まったら歯止めが利かんようになる。そんなことは滅多にないと思うけどな。お母さんも経営危機を乗り切ってみせる。指切りしようか」

お母んの小指は佳世の半分もない太さだった。指切りをしてから握りしめた手は火傷しそうなほど熱かった。

佳世は快い疲労感に満たされてその夜、眠りに落ちた。夢の中でお母んに強く抱きしめられて眠っていた。

＊

今日は体育祭である。どんよりした空模様で天気はすっきりしなかった。しかし佳世の心には淀みのない澄んだ青空が広がっていた。

高志も佳世も思いっきり羽を伸ばしはしゃいだ。クラス対抗リレーでは闘志剥き出しでヤジを飛ばし合った。

「おいっ、一組のヒョロヒョロ君、ラインからはみ出んと走れ！」

「三組のだるまさん、転がった方が速いぞ！」

玉ころがしでは、佳世が躓いて玉の上に乗ってしまい、もんどり打って前に落ちた。

「こらー、余興すんな」

日頃、大声を出すことがないので、このときとばかり喉が涸れるほど騒いだ。

下校時間になった。仲良しカップルが心の根を絡ませた。

「高志、毎日ジョギングしているので百メートル競走などへっちゃらやったな。二位になったのでびっくりしたわ」

「服部君は何にもしとらへんので、ビリやった。ゴールしてから魚のようにパクパク空気吸って座り込んどった。クラス対抗リレーでヒョロヒョロ君とヤジ飛ばしてたのを聞いたぞ」

「高志のヤジの方がきつかったわ。みんなは気にせんでええ、前と比べたらスマートになったと気遣ってくれた。ジョギングをもう一周増やしてもええで、スマートになるために。その方がええねんやろ」

「センター試験を乗り切る体力をつけんとあかんからなあ。増やそうか」と、高志は佳世の理由づけをかわした。

「お母んと、じっくり話し合った。進学先の承認と学資を出してもらう取り付けをして指切りした。外務省に入って働きたいと言ったとき、お母んは外交官志望の高志君と相談したんかと尋ねてきた」

「突然、外務省を目指すと打ち明けたら誰かの差し金かと思うわ。僕もびっくりしたからな。話し合えてすっきりしたやろ」

「すっきりした。これで勉強に専念できる」

「ここから道が狭くなるので気ぃつけんとあかんで」

「ありがとう」

「素直な返事したのは初めてやな」

「勉強する時間をなかなか確保でけへんかったので、拗ねて不貞腐れていたけど解決したので、元の素直な私に戻らんとな」

「元は素直なんか、ぬけぬけと言ったな」

「ウザイわ」

「それじゃあ、バイバイ」

「バイバイ」

＊

佳世はもう一つ解決しなければならない問題を抱えていた。

夕食の下拵えを済ますと自転車に乗って東部公園に出かけた。外周路まで来ると、お父んの軽自動車の周りにごみがポイポイ捨ててあった。火挟みで一つ一つ拾い上げてビニール袋に入れていった。ゴミで膨らんだビニール袋を自転車のハンドルに引っ掛けて帰路に就いた。

お父んはこの行為をやめない。お母んはお父んを全面的に信頼している口ぶりだった。公園でごみのポイ捨てをして境遇の憂さ晴らしをしていることを知らないのだ。この事実を暴くのには勇気がいる。お母んのことだ、知ったらぼろくそに扱き下ろすに違いない。今以上に夫婦仲を裂くことになってしまう。不満のない人間なんていない、と一般的な感覚でお母んは言っていた。嫉妬の塊のようなお父んには当てはまらない。そんなことは夫婦なんだから分かっているはずなのに。それとも夫婦だから認めさせようとしているのか。

佳世は帰宅して、このところおませになって話し相手ができるようになった紗世に打ち明けた。

「お父さんのポイ捨ては理由があるんや。その理由を大切にしたげた方が良いと思う。強制的にやめさせたら別な方法に奔るだけや。今は他人に危害を及ぼしてないんやろ」

「だとしたらお姉ちゃんと紗世はどうしたら良いんやろ」

「静かに見守っているしかないのと違う」

佳世は深刻に考え込んだ。話し相手の意見としては十分だった。

お母んに捨てられて、どうやらこうやら一つ屋根の下で付き合いが継続している父子三人の夕食が終わった。

突然、紗世が語り掛けた。

「あんなあ、好きな人がいるねん」

佳世はギクッとして心臓の鼓動が速くなった。

「その人が栞の裏に、〈沙世、好き〉と書いて渡してくれた」

「ああ、前に栞の交換で喧嘩したと言っていた子か？」

「そうや。あのときは恥ずかしくて言えへんかった」

「紗世はどのように返事したんや」

「〈私も好き〉と書いてその栞を返した」

「それからどうなったんや」

「今のところそこまで。続きを待っているね。高志さんとはどんな付き合いしてるの。参考までに」

参考までに、か。こいつ、こましゃくれたことを言うようになったと思ってクスッと笑った。しかし先ほど一人前の意見を聞いたので茶化すわけにはいかなかった。

「そうやなあ。小さい頃から一緒だったので高志を好きな人として考えたことはなかった。友達としてずるずると付き合っている関係や」

「嘘や、嘘に決まっている。二人でよく遊びに行ってるやんか。どこへ行って、何してるの」

「あちこち行って、家庭の内輪を話し合ったりサンドイッチ食べたりアイスクリーム食べたりしている」

「ちゃんと答えてんか。もうキスは何回ぐらいしたん」

「一回もしてへん」

「手を握ったことは」

「それはあるわ。小学校のときは手を繋いで学校に行っていた」

「ごまかさんといて。今の話をしてんか」

「紗世は小四や。その頃の話で良いのと違うの」

「そら、そうやけどな」

ここで思い出して、高志と嵐山へ行ったときに出合った小学生の二人連れの話をした。

「ふーん。ご馳走作る勉強しなあかん。明日から夕食の支度を手伝うので教えてな」

こいつ真剣なんだ。子供扱いしてきたが、だんだんと大人の領域に迫っている。扱い方を見直さなければならない。

高志も妹の志乃に絡まれていた。

「お兄ちゃん、佳世さんとうまいことといっているのか?」

「うまいことといっているときもあるし機嫌損ねて口利かへんときもある。長い付き合いや、いろいろあるわな」

「足首痛めたとき、なんで佳世さんを連れて来たんや。私は頼んでへん。私を出しにして誘いに行ったんやろ。なんでも佳世さんに相談しに行く、佳世さんでないと治まらんのか」

「志乃はそういう相手がいないので僻んでるのか」

「学校から帰ってきても、お母さんは出かけているし、お兄ちゃんが帰ってくるまで一人ぼっちや。寂しいのでつい、はみだし者がたむろしている東部公園に遊びに行く」

「お母さんはどこへ出掛けてるんや」

「昨日は四条の高島屋とか言うてた。何にも買ってこないのでウインドウショッピングして楽しんでいるのだと思う。綺麗な着物を着て出かけるときは観世会館へ能や狂言を見に行くときや。祇園の歌舞練場へ踊りを見に行っているときもある。南座が興行しているときは歌舞伎を見に行ってる。実家に電話してチケットを買ってもらっている。一度だけやけど、私も連れて行ってほしいと頼んだんやけど、子供が行くところではないと言って断られた」

「お母さんは家に閉じ込められているので憂さ晴らしに行くのかもしれん。お父さんはお母さんの好きなようにさせているつもりかもしれんけど、大きな間違いをしていることに気づいていない」

「お母さんはそうやって憂さ晴らししているけど、私はどうしようもない」

「脇目も振らず一生懸命勉強してたら進む道が見えてくる。お兄ちゃんは勉強することで憂さ晴らししてきた」

「私は勉強嫌いや。高校なんて行きたくない。お父さんはお兄ちゃんの大学進学で頭一杯や。

私なんてどうでもよいと思っている。公園でたむろしている子にそんな話をしたら、『親は男の子に肩入れする、女の子は放ったらかしにしておいても、器量や愛嬌で生きていけると思っている。私らは薄暗くなってネオンが瞬き始めたら京都の繁華街に移動して爺ちゃんをからかいお金巻き上げるね。学校なんて行かんでも面白く生きていける。グループの仲間になれ』と何度も誘われた」

高志はショックを受けた。兄妹で待遇に格差がついている。「このままだったらグレてやる」と志乃は言った。両親は気づいているのか。多分気にもかけていないだろう。

＊

十月に入ると暑さは一段落して秋の気配を感じるようになった。

二学期の中間テストが今日から始まった。土日を挟んで七日まで四日間続く。

下校時間になった。仲良しカップルが心の根を絡ませた。

「どうやった」と佳世が尋ねた。

「まああできた。僕らは試験の成績に一喜一憂して過ごすんや。中学は高校の予備校、高校は大学の予備校、大学は企業の予備校、みたいなもんや。社会人になったら企業の歯車になって生きていくんや。壊れたら取り外されて捨てられ、新しいものと交換されて終わりや。まあ、僕らは使い捨て歯車やな」

「えらい厭世気味なこと言うな。投げやりになったらあかんで。世の中は複雑なんや。思う通りに行かへん」

「三年生は今月六日に大学センター試験の出願締め切りを迎えている。来年は僕らの番や。一喜一憂している頃になる」

「それで、ええやんか。私はワクワクするわ」

「仕組まれたレールにそのまま乗っていく自分の姿に嫌気がさしてきた」

「そんなこと言うんやったら死んだらええねん。悩まんでもええわ。生きていくには、世の中の仕組みに溶け込んで上手に泳いでいかんとしゃあないやんか」

「佳世はそんなことを考えたことないの？」

「ない！」

「怒っているのか？」

「女々しい！　この時期になってなんてこと言い出すの。呆れた。京大に入って外交官目指す、と言ってのけたあの意気込みはどこへ行ったんや。なんか嫌なことがあったんか」

「別にない。ふっとそんな風に考えるようになったんや」

「勉強本位の日々を送っているから逃げたくなったんか。けどあと一年や。一年頑張ったらええねん。頑張り次第で次のステップに移れる。大望を成し遂げる段階を克服せんと将来はないで」

佳世は腹を立てたが高志の気持ちが何となく分かる。父親の方針に沿って一本道をひたすら走っているのだ。将来はこうあるべきだと刷り込まれてその気になって走ってきたが、これでいいんだろうかと首を傾げる時機が来たのだろう。余暇がなくて勉強しかすることがないように仕組まれれば、立ち止まって懐疑的な見方をしてしまう。苦しい、ノイローゼになる、と打ち明けられたことがあった。そのときは心の根まで深く追及しなかった。ほっぺたを叩いて気合を入れた。ジョギングは他の目的で始めたのだが、高志がやめようとしない理由を今になって知った。苦しみを解放する手段はジョギングしかないのだ。一途な性格だけに心配だ。

「私が漫画を読むのは、漫画の世界で笑ったり怒ったり泣いたりしてストレスを発散させているんや。演歌を口ずさむのもおんなじや」

「僕の家に漫画は置けない。歌えない。父親の許可なくしてリラックスすることはできない。なにしろ家中を絶対権限で統率して、四六時中見張っている父親に歯向かうことは、家庭を壊してしまうことになる」

「私の家は子供たちに開け放たれている。無防備で暗黙の自由がある。その方が良いとは一元的に言えないけれど、切羽詰まってノイローゼになるような圧迫感はない。別な悩みはあるけど」

「一時的な邪気かもしれん」

「邪気と違う弱気や。高志！　頑張るしかないで！」

後ろから自転車をぶつけて気合を入れた。

「バイバイ」

「ああ、バイバイ」気のない返事だった。

佳世がリビングのドアを開けたら珍しくお父んと紗世が仲良くコーヒーを飲んで羊羹を食べていた。

「お前の嗅覚はすごいな」と、お父んがニタニタして言った。

「これ、萬福寺の塔頭が作った蓮の実入りの羊羹や。おいしそうだったので二本も買ってしまった」

「そんなら一本高志君にあげるわ。あいつ、この頃元気ないねん」

「また高志さんや」紗世が冷やかした。お父んも笑っていた。

一筋違いの高志の家に向かい、チャイムを押した。

母親の美鈴さんが出てきて「頂きます」と手を出して受け取り、玄関ドアをピシャッと閉めてしまった。

佳世は去りがたく「せめて高志を呼んでくれたらよいのに……」と不服そうに、閉まったドアの曇り硝子に映った自分の顔を見て、髪を手櫛で直してから踵を返した。

＊

翌日の下校時間。仲良しカップルが自転車押しながら心の根を絡ませた。

「佳世！　羊羹ありがとう。お母さんはつっけんどんな対応したと思うけど悪気ないから気にせんといてや。僕に会いに来たことぐらい分かりそうなもんやけど、そこまで気が回らなかったんやろな」

「何とも思ってないで、気ぃ使わんといて」

「お母さんは家庭内疎外に遭っとる。妹の志乃なんて、母親相手とは思えへん口の利き方をして遠ざけとる。まあ、あれではしゃあないな。話は変わるけど七月に塾の高二進研模試受けたやろ。そのときの平均点が六十点やった。六十五点以上取らんと難関国立大には受からへん。この点数では並みの国公立大しか入れへん。お父さんにしこたま怒られた。毎日塾に通い、通信教育も受けて頑張っているけど成果が上がらへん。いつも服部君に負けている。来月にまた模試がある、憂鬱や。成績なんて急に上がるもんではないからな。この辺りが僕の能力の限界やと思うようになった」

「服部君に負けてばっかりやから意欲が萎えたんか。そういう人を根性なしと言うねん」

「うん……」

「何が、うん、や！」

気合を入れるために佳世が後方から自転車を激しくぶつけた。それでも高志は何の反応も示さなかった。

「あんなあ、高志、迷うは育てると同じじゃや。すんなりいったら世の中を甘く見て増長する。

せっかく得た成果を軽んじてしまう。まだ二年生や。いろんなことがあると思うけど頑張ろうな」

「…………」

秋は暮れるのが早い。自転車を押して歩く二つの影が長く伸びていた。道が細くなる箇所に来ても高志は何も声掛けをしなかった。家の近くでもいつものバイバイをせず、しょんぼり別れた。

＊

今朝は冷え込んだ。通学する生徒はネックウォーマーで首を覆っているか厚手のコートを羽織っている。高志は見かけによらず寒さに強くブレザーの下にベストを着用しているだけである。佳世は寒がりでセーターを着て厚手のタイツを穿いている。さらに首にマフラーを巻いて、その中にすっぽり顔をうずめている。

高志と佳世は塾の高二進学模試を受けた。七月に続いて二回目である。高志が憂鬱やと言っていたあの試験である。長時間なので終わったら気力体力を消耗してぐったり。しばらく椅子から立ち上がれなかった。下校時間になった。仲良しカップルが自転車押しながら心の根を絡ませた。

「できたか？」と佳世が冴えない顔をしている高志に呼び掛けた。

「あーあ、疲れた。深呼吸を何回もして脳に酸素を送り込んだけど途中で集中力が切れた。前回より悪いかもしれん。三回目は来年一月や。それまでに脳を鍛えて立て直さんとあかん。佳世はどうやった？」

「四月のときの平均点は四十点やった。それよりは良い結果が出ると思う」

「目指す大学は楽勝やな」

「もうちょっと頑張ったら公立大を受験できるかもしれん。くよくよしていてもしょうがないから前向く」

「明日から三者懇談が始まる。お父さんが乗り込んでくる。前回の四月分の模試とこれまでの学内テストが懇談の対象になる。身に余る支援をしてくれているので辛いわ」

「私とこはお父んとお母んが揃って来てくれる。両方に頼んだらどっちか来てくれるやろと思って二股かけたら両方とも行くと約束してくれた。私の進学に関心を持つようになったので嬉しいわ」

「ここから道が細くなるので気ぃつけんとあかんで」

「あざっす」

「調子に乗ってたらまた自転車ひっくり返すで」

「さーせん」

「今日はご機嫌やな」

「当たり前や。両親が揃って三者懇談に来てくれるねんで。小学生のときも中学生のときも、参観日に一度も顔出さなかった両親が来てくれるねんで。こんなこと前代未聞や。楽しみでしようがないわ。ウフフフ」

佳世が天空に駆け上がりそうなハイテンションで、「バイバイ!」と高志を見送った。

「あー、バイバイ〜」と疲れ切った声が返ってきた。

事件の兆し

高志の父親の高雄さんが宇治神社を訪れていた。護摩木に〈京大合格〉とサインペンで記し受付に渡そうとして顔を上げた、その時、目の端に同じく護摩木にペンを走らせている女性の姿を捉えた。ドレッシーな濃紺のスーツに控えめなピアス、清楚な真珠のネックレス、栗色に染めた髪は左右二つに分けて三つ編みにし、後ろで束ねていた。似ていると思って送った眼差しにその女性が応えるかのように高雄さんを見返した。

ニコッと微笑んで、「こんにちは。佳世がいつもお世話になっています。今日は高志さんの合格祈願ですか?」と挨拶した。

「はい。神頼みはしたことがないのですが息子のために。お恥ずかしい姿を見られてしまいました」と高雄さんがうっとりした眼差しを返した。

「私は度々来ているのですよ。これまでは〈商売繁盛〉と記していたのですが今回初めて〈合格切願〉としました」

「お互いに気を揉みますなあ。今日は会社を休んで三者懇談に行く予定ですが時間がありますので祈願に参りました」

佳世の母親の道世さんは高雄さんに寄り添うように肩を並べた。美容業界の人なのでヘアメイクは玄人だし、それでなくても人目を惹く容姿だ。

「私は三者懇談に行くのは初めてです。娘が来年受験ですので、いつまでも本人任せにして放っとくわけにはいきませんのでね」

高雄さんが眩しそうに目を細めて尋ねた。

「三者懇談には何で行かれるのですか」

「いくらなんでもあの派手なスポーツカーで乗り付けるわけにはいきませんので、タクシーで行きます」

「よろしかったら私の自動車でご一緒しませんか。神社の駐車場に止めています」

「すみませんね。そうしていただければありがたいです」

夫婦のように肩を寄せ合って笑みを浮かべ、昨今の世間の出来事を巡って会話がポンポンと弾んでいた。

さして参拝者が多いわけではない。注連縄《しめなわ》を張った御神木に身を隠して、二人の様子を窺っている貧相な中年の男がいた。脇に偽のブランドバッグを挟み、右手に〈合格祈願〉と記した護摩木を握りしめていた。

「三者懇談が始まるのは午後からですので時間がたっぷりあります。近くで蕎麦でも食べて行きませんか。私はそのつもりでした」

「そうですね」

高雄さんと道世さんは参道を出たところにある蕎麦屋さんの暖簾をくぐった。後をつけていた貧相な男は二人が座敷に上がるところまで見届けて、姿を消した。

正午を過ぎた頃、佳世のケイタイが鳴った。

「お父さんや。あんな、悪いけど約束した時間に遅れそうや」

「またスッポカすのと違うやろな。あんまり遅くなるんやったら来んでもええわ！」

「怒るな。どんなことがあっても行く」

「先生にそのように伝えとく」

午後一時きっかり、二年一組では高志の三者懇談が始まった。

「京大の法科は大丈夫ですね？」

父親の高雄さんが、毎日進学塾に通っていることや、東京の進学塾の通信教育を受けていることを取り上げて確認した。

「はっきり申し上げて、合格するのは難しいです。全科目において成績が低迷しています。志望校のレベルを落とすか、京大以外に滑り止めにもう一校選んでおいた方が良いと思います」

「なんと……」

高雄さんの顔面から血の気が引いた。思い上がりもいい加減にしてほしいと言わんばかりの「はっきり申し上げて……」であった。

俯いて項垂れている息子の高志に向き直った。

「お父さんはお前を信じて要求する通り援助してきた。無理だとなぜ言わなかったのだ」

進路指導の教師が慌てて仲立ちした。

「お父さん！　息子さんは一生懸命勉強なさっています。それこそ血の滲むような勉強漬けの毎日を送っておられます。学年で抜群の高成績です。それでも国立の難関校は合格できない状況なのです。ですから京大を受験されて、もう一校予備を考えておかれてはどうですかと申し上げているのです。予備を作っておくと心の重荷が軽くなります」

「他の大学に行かせることは毛頭考えておりません」

高雄さんはきっぱり断言した。

再び教師が両者の顔色を窺いながら仲立ちした。

「高志君の意見を聞かせてください」

「はい。勉強、勉強、の毎日を過ごしていますので苦しくて息が詰まります。もう限界です」

高雄さんの顔色が興奮して真っ赤に変わった。

「お前はなんてことを言うのだ。これほど恵まれた環境下で勉強しているのに、苦しいとは、よくも言えたもんだ」

高志はキッと表情を引き締めて父親を見返した。

「お父さん、この際我が儘を言わせてください。僕を信じて静かに見守っていてほしい。もう毎日進学塾に通うのをやめる。週に一度だけ塾に通っていたときの方が成績は良かった。原点に戻って自分の勉強方法で立ち向かう。まだ一年ある」

仲立ちしていた教師が「うん」と大きく頷いた。

「高志君、自分の意見をはっきり言ったな。人それぞれに勉強の仕方がある。クラスの服部君に振り回されてたんや。彼が大手の進学塾に通うことで成績が向上したので自分もそれに倣って、と勉強法を変えてみたけど高志君には合わなかったんや。自己を信じて自分流にやったら成績は向上する。道草を食ったと思えば良い。どうです、お父さん」

「………」

しばし沈黙ののちに、興奮して赤くなっていた高雄さんの顔色が平常に戻った。

「思い入れが強すぎたのかもしれません。私が一生懸命になってしまい、本人をそっちのけにして京大受験にのめり込んでいました」

教師がホッとして強く握っていた拳を緩めた。

「今日は腹を割ってお話ができました。京大を目指して頑張る環境が整いました。良かったです。確かにあと一年あります」

二人が思いをぶっつけ合った三者懇談が終わった。

少し遅れて二年三組の三者懇談が始まった。佳世は母の道世さんと初めて二人で臨んだ。

「本人が希望している大学に入れそうですか？」

母の道世さんは日頃娘を放ったらかしにしているので、模試等の成績を参考にした話をすることができず、単刀直入に佳世が希望している進学先の名を挙げて叶うかどうかを確認した。

「一年時は家事に追われて勉強どころではなかったように聞いていました。二年生になられて、お父さんや妹さんの協力が得られるようになり、受験勉強に精を出す環境が整った、とご本人から報告を受けています。以降めきめきと成績が良くなり希望されている大学はほぼ合格できると思います。ただし、佳世さんは落ち着きがないわけではないのですが、物事を楽観的に見る傾向が強いですので、油断しないように戒めて勉強に励んでください」

「ホッとしました。仕事をしていますので十分に構ってやることができず気掛かりでした。父親も来る予定でしたが仕事の手が空かないようですので遅れてまいります。二度手間になりますが、その節はよろしくお願いします」

「ご主人のご意見もあろうかと思いますので、お話しさせて頂きます。次の方が控えておられますので、一旦これで終了とさせて頂きます。お母さんの承諾が得られましたので、学校として準備に入ります。あとはご本人の努力次第です。佳世さんから何か言っておきたいことありますか。学校に対する意見があれば言ってください」

「進学先のレベルを落としました。楽勝と思うけど、まだ決定したわけではありません。成績が向上すれば国公立大に変更するかもしれません」

「いいですけど、そういう考え方をするところに落とし穴がありそうです。油断大敵です」

「へい」

「これっ！　先生に何という返事をするの」道世さんがぴしっと佳世の腕を叩いた。

「いて、ててて」

佳世は母に甘えた。嬉しかったのだ。こういう母娘関係を切望していたのだ。

高雄さんと高志は先に三者懇談が終わったので、学校の駐車場で道世さんと佳世の三者懇談が終わるのを待っていた。自宅まで送り届けるつもりでいた。

二人が姿を現したところで高雄さんは助手席と後部座席のドアを開けて「帰る方向が一緒ですのでどうぞ乗って行ってください」と進めた。佳世と道世さんは快く応じて乗り込んだ。

高雄さんが運転する乗用車が住宅街を抜けて府道に出るT字路で、逆に学校に向かうため進入してきた純雄さんの軽自動車とぱったり鉢合わせした。純雄さんはスピードを緩めて進んでいたので、高雄さんの運転する車の助手席にゆったり座っている妻と後部座席でくつろいでいる娘を確認できた。どう見ても仲の良い一家のお出かけの雰囲気だった。

高雄さんは近所の誼《よしみ》で「お先に」と軽く片手を挙げて会釈したが、純雄さんは余計なことをされたので目を逸らして無視した。

三者懇談に遅れてきた保護者のために、職員室横の応接室で個別対応できるようになっていた。純雄さんは持ち前のいかつい鬼のような顔でずかずか突き進んでいった。着席するなり佳世の進路指導担任に怒気を帯びたすごい剣幕で迫った。懇談するという態度ではなく、俺の意見を聞いてその通りにしろ、と言わんばかりに血相を変え迫った。

「家内とは居を別にしていますので娘の進学問題を夫婦で話す機会がありませんでした。妻は家族を放ったらかしにして商売にうつつを抜かしています。佳世や下の娘を幼い頃から世話してきたのは私です。そういう家庭環境を察してください。佳世には二年生になるまで買い物や食事の用意や掃除洗濯など家事一切を任せておりました。もう少し早く気づいて手を打ってやるべきでした。私の怠慢です。佳世から勉強が遅れていると聞いて、そこで遅れをどのようにして取り戻したらよいのか、考えました。いっそのこと東京の進学塾近辺に下宿して毎日通うようにすれば遅れている勉強が捗ると思うんです。この学校をしばらく休学することはできないのでしょうか」

突然の途方もない相談に教師は目を白黒させた。

「そんなことする必要ありません。学校の勉強を疎かにしてはなりません。佳世さんから将来について相談を受けております。大きな夢を持っておられます。夢を現実にする大学を選んでおられます。よほどのことがない限り入学は可能と判断しています。奥さんはそれを確認して援護しておられました。お二人のご意見をよく聞いてあげてください」

純雄さんは虚仮にされた気がした。教師は母子の意見を聞いてあげてくださいと言った。父親の意見は聞かないのか、どうでもよいのか、憤り戦慄《おのの》いた。鬼瓦のような顔を赤く滾らせて立ち上がり、中腰になって雷を落とした。

「父親の意見を汲まないのか！　理由を聞かせろ！」

応接室を突き抜けた怒声が職員室に響き戦慄が走った。進路指導担任は驚いて後退りした。間を取って相手が冷静になるのを待った。

「在籍している学校を無視したご意見です。塾は勉強本位です。大学に提出する諸々の書類の作成は在籍している学校が行なうのです。佳世さんは希望されている大学にほぼ入れます。静かに見守ってあげたら良いのではないですか。万が一不合格になれば本校を卒業して浪人生になります。そうなったら、どこかは知りませんけど塾生となってそちらに行かれたら良いと思います。それでも進学先への書類提出は出身校が行なうのです。本校を疎かにしないでいただきたい。もう一度、佳世さんや奥さんと話し合われたらどうです。考えがあまりにも飛躍しすぎて現実的ではありません」

純雄さんは腰を下ろし溜め息を吐いた。虚脱状態に陥ってしばし休息した後に無言でよたよたと席を立った。

気を持ち直し妻と話し合おうとして急いで自宅に帰った。しかし、道世は別なところに帰っていなかった。

＊

三者懇談の翌々日になる。

下校後、佳世は夕食の下拵えを済まして高志の家に行くため玄関の框に座って靴の紐を結んでいた。そのとき、お父んが帰ってきた。

「どこへ行くねん」と、佳世の頭の上から尋ねた。

「高志君が模試の問題集を手に入れたので見せてもらいに行く」

「あの家に出入りするな」

「えっ？　なんで」

「俺の娘を、我が娘のように呼びつけやがって」

「呼びつけられたんと違う。私から自主的に行くんや」

佳世は首を傾げて不機嫌なお父さんの横をすり抜け小走りで向かった。

栗原家に到着して上がり込み高志にお礼を言った。

「この間の三者懇談の後、家まで送ってくれてありがとう。お父さんにあんじょうお礼言うといて」

「余計なことしたかもしれんな。お父さんは近所の人を乗せて帰るのは当たり前と思ってあんなことしたけど、佳世のお父さんが来るのは分かっていたんや。それではお先に、と言って帰るのが常識人のすることや。お人好しなので軽弾みなことしているのに気づいてへんねん。後で聞いた話やけど、宇治神社で合格祈願の護摩木を納めに行って佳世のお母さんと偶然会ったようや。成り行きで二人で蕎麦を食って一緒に三者懇談に来たらしい。人の奥さんを誘うのはやめた方がよい。佳世のお父さんが見ていたら面白うないわ。ちょっと行き過ぎたことしてしまった。お礼なんて言わんでもよい」

「へー。そんなことあったんか。お父んは捻くれもんやから、二人が一緒にいるところを見たら、やきもち焼くやろな」

高志は当日の模様を語ってから模試の問題集を見せた。

「一通り目を通したけど心配しなくてもよいわ」

「えらい自信持ってるな」

「僕らは学習指導要領に従って教科を学んでいるので、各校でレベルの違いはあるけど勉強をきっちりこなしていたら心配することはない」

高志は問題集をポイッと卓上に投げ捨て、「持って帰ってもよいで」と言った。

その言いぐさが確信に満ちていたので、服部君に惑わされていた一連の迷いから目が覚めて自信を取り戻したと判断した。

「確かに、狼狽《うろた》えんことやな。一年後に迫ってきた段階でじたばたしてもどうにもならんわ」

二人は結局模試の問題集を広げて解くことはしなかった。その代わり将来を論じた。

「高志、話変わるけどな、国際子ども平和賞って知ってるか。子供の権利を守ることに貢献している人に毎年授与されている。オランダのアムステルダムに本部があるね。子供の権利って何やろと考えて私自身を振り返ってみた。小中学生のときはぶつくさ文句言いながら家事を適当にこなして、暇なときは漫画を読むかアニメを観て過ごしていた。世界中にその日の食べ物がない子がいるんや。街頭で靴磨きや物乞いをしている子がいるんや。衰弱して路上に横たわって死を待っている子がいるんや。知っていたけど、どうしたらそういう子を救えるのかと考えて行動を起こそうとはしなかった。日本の政治家や企業家は自分らの都合の良い社会構造を作って、若者を都合の良いように飼いならし、無気力な若者に仕立て上げた。体制に馴染めへん者や、はみ出した者は、改造車でドリフト走行するか、バイクで道路を暴走するか、家庭に閉じこもって不登校になるか、それぐらいの抵抗しかできなくなってしまった。若者のエネルギーを引き出し、導くリーダーがいないからこんなことになってしまったんや。日本だけやで、政治活動をしない若者なんて。かつての全共闘は一部の民衆にしか支持されなかったので、政治家が警察権力を使って潰した。社会活動を通して政治家を動かしたら民衆も支持してくれる。誰かを待っていては駄目なんや。自ら行動を起こさんとあかん。私はなんとなく生きてきた。ボケーッと生きてきた。遅まきながらそのことに気づいたのはまだましかもしれん。高志！　自分を変革せえへんか。私はやってみる。ボランティア活動を始めるわ。大学に入ってからの話になるけどな。今は受験勉強に集中する。それも塾より学校の授業に重きを置く。もう始業時間ギリギリに駆け込むとか、午後一の授業で居眠りするとか、せえへん。塾に通わないと進学できひんような教育制度はおかしい。塾の業者にまんまと嵌められているんや。学校の授業に集中してどこまでやれるか試してみる。もう塾業者の金蔓にはならへんで」

「佳世！　突拍子もないことを言い出したな。その国際子ども平和賞とかに影響されて、ふらふらしたらあかんで。現実と理想をブーメランのように行ったり来たりしてたら、気が付いてみればおんなじところにいたことになるわ」

「私な、自分の進む道が見えてきたんや。私に同調して一緒に進む気ないか？」

「僕が進む道は外交官と決まっている。国連職員でもなく社会活動家でもない」

「そうか、私を突き放すつもりやなあ。一度宣言したことは実行するで。放言で終わらせへんで」

「進む道を巡って意見が割れたな。これも成長していくうえでのプロセスや。将来、どういう風に結実するか楽しみや。コーヒー淹れるから飲んでいけよ」

「頂くわ。高志に打ち明けたので心がすっきりした。きっと今日のコーヒーおいしいわ」

家に帰ってきたら紗世が話し掛けてきた。

「遅かったなあ。楽しんでたんか。お腹空いた」

「楽しんでたんか、とはどういう意味や。下拵えが済んでいるので自分で料理作ったらよいね。甘ったれたらあかんで」

「あんなあ、お父さんが変なことを言うた。お姉ちゃんはもうすぐ高志の嫁になりよる。お母さんも高志の父親の高雄さんの嫁になりよる。そうしたら紗世はどうする。ついて行くかって真剣に聞いた。紗世はこの家を出ていかへん。お父さんと一緒に住むって答えた。そうしたら強く抱きしめられた。目が潤んでいた」

「お父んはときどき変なことを言いよる。高志と結婚する予定なんかない。お母んの話など荒唐無稽の作り話や。けどな、そんな話をしたい心境に、お姉ちゃんもお母んも追い込んだんかもしれん。反省するわ」

「うん、分かった。仲良くやっていこうな」

紗世はニッと顔面の筋肉を緩めた。そして背中に隠していた回覧板を、「はい」と言って見せた。「仲良くやっていこうな」はこれを見せるための前振りだった。

佳世は一見して憂鬱になった。

〈東部公園の清掃について。最近とみにゴミが散らかり苦情が出ています。市に連絡はしているのですが手が回らないようです。そこで町内として清掃ボランティア活動を行ないたいと思います。いろいろなご意見があろうと思いますので一度お集まりください〉

となっていた。ゴミを散らかしているうちの一人はお父んである。困ったことになった。対応を誤れば、「仲良くやっていこうな」とはならなくなる。

夕食後、黙って回覧板をお父んに見せた。固唾をのんで佳世と紗世が挙動を窺っている中、一読したお父んは顔を歪め食卓に放り投げて二階の自室に閉じこもった。姉妹二人はその後ろ姿をじっと見つめていた。

＊

十月も中旬になると京都市内の紅葉が話題に上るようになった。色づき始めてはいるが見頃はまだ先だ。

佳世は今日もビニール袋に火挟みを忍ばせて、お父んがいる東部公園の外周路を訪れた。ゴミのポイ捨ては相変わらずで、今日は特に散らかっていた。火挟みで拾い上げてビニール袋に収納してから窓ガラスをコンコンと叩いて助手席に乗り込んだ。

「お父ん！　ええ加減にしてくれへん。回覧板見たやろ」

「あいつがなんで清掃ボランティア活動を思いつきよったか知ってるか」

「ゴミが散乱して汚い、苦情が出ている、て書いてあったやろ」

「煙草の吸い殻や菓子袋のポイ捨ては以前からあった。中学生の悪ガキが集まって騒いどる。あいつらの所為や。お父さんもポイ捨てしてるけどしれとる」

「しれてても、やったらあかんことや」

「やめられへん。掃除は清掃局の奴らに任したらよい。そのために税金払っている。町内でボランティアを募って清掃することはない」

「公衆道徳の観念が全くないな」

「どこかで何かスカッとすることをして憂さを晴らさんと気が狂う」

「聞いて呆れるわ。まるで幼児、駄々っ子や」

「そんな風にしよった奴に文句言うたらよい」

「お母んを指しているのか」

「言わぬが花や」

「時代小説ばっかり読んでるので言い方が浮いてるわ」

「佳世もあいつとこへ嫁に行くんやろ」

「変なこと言うなあ。高志君とは仲が良いだけや。結婚なんて考えたことない」

「そのうち分かることやけど、あいつは佳世を高志と結婚させて己は道世と結婚する段取りしとるんや。そのためになんか手を打ってきよると思ってた。まさか町内を巻き込んでくるとは思わんかった。道世を清掃活動におびき出して世間話をしている中で食事に誘って、深みに嵌め込もうとしとるんや。この問題はお父さんが解決せんとあかんねん。妻を取られたら男の名折れになる。あいつに毅然とした態度示したる」

佳世は奇想天外な嫉妬に呆れて気持ちの収まりが付かなくなり、助手席から飛び出しドアを思い切り閉めた。バタンと空気を裂く悲鳴のような音が親子の関係を断つように響いた。

公園のベンチに腰掛け天を仰いだ。このまま放っとけへん。お母んをケイタイで呼び出した。

「お父んが死んだ」

「えっ！」

「嘘や。そう言わんと切ってしまうから嘘ついた。お父んが高志君のお父さんとお母んの仲を疑って逆上しとる。三者懇談に行く前に二人きりで蕎麦食べに行ったと高志君から聞いた。なんでか知らんけどお父んはそのことを知っとるようや。それから帰りに家まで送ってもらったやろ。捻くれもんやから、そういうことが重なったので、変な風に想像して手に負えん。お母んが帰ってきて宥めんとどうにもならへん」

「脅かさんといてや。あの人はあらぬことを一人合点して嫉妬することがある。お父さんがいる前では男性美容師と話ししないように気を付けてた。高志君のお父さんとは近所の付き合い、という関係でそれ以上のことは絶対にない。あの人の嫉妬は子供と一緒で一時《いっとき》で終わる。事実ではないから、日が経ったら収まって何事もなかったようになる」

「普段の様子とかなり違うで。大事になっても知らんで」

「佳世が段取りつけて、高志君のお父さんと腹割って話し合う機会を設けたらよいね。私が仲持ったら余計捻じれてしまう」

「お父んはその問題について毅然とした態度示したる、と言うとったから、刃傷沙汰になるかもしれんで」

「心配せんとき。刃物を振るう度胸なんてない。ええ歳して困った人や」

「何回も言うけど今回は普段と違うで。これまでお父んを放ったらかしてた待遇面の鬱憤も含んでるので暴走すると思うわ」

「暴走したところで知れとるがな。精々部屋にある調度品を蹴って壊す程度で治まる。心配せんと受験勉強に励んどり」

佳世は夫婦の心情の隔たりを埋めることはできなかった。

＊

日曜日の夜。町内会の寄合が高志の家で午後八時から始まった。

会長である高雄さんが挨拶した。

「全員揃いましたので始めましょうか？」

寄合に木村家の代表として佳世が出席している、昨夕、お父んと佳世で、どちらが出席するかについて話し合った末決めた。今回はポイ捨てをしているお父んの問題をどのように解決すべきか話し合うようなものだ。当人が行きたがらないのは当然である。しかし出席して面と向かい話し合う唯一の機会でもある。佳世は執拗に出席するよう説得した。

「会って心の内を確認したらすっきりするわ。男やろ」

「あいつの顔見たらむかむかして反吐が出る。糺してみてもシラ切りよるに決まってる」

「それならお母んを呼び出して話し合ったらよいね。夫婦やろ」

「あいつの方から詫びてくるのが当たり前や」

「不倫している、と決めつけているような言い方はするな。お母んはそんなことせえへん、清白な人や」

「何が清白や。佳世が知らんだけや」

「自分の嫁さんを全く信じてへんな。分かった。私が寄合に行くわ」

親子でそんな言い争いがあって佳世が出席することになった。

町内の寄合に出るのは嫌いではなかった。幼い頃近所の人たちに面倒を見てもらっていたので、高校生になってもその当時の気分が抜けていなかった。しかし今日は憂鬱だった。つるし上げに会う危険性があった。

美鈴さんが、慣れてないので手をブルブル震わせながら急須でお茶を淹れた。茶菓子も勧めた。

「おいしそうなお饅頭どすな。高かったですやろ。話に入る前に先に頂きましょか」

「お茶が冷めんうちに頂いた方がよろしいな。それでは」

ムシャムシャお饅頭を食べ、お茶を啜る音がした。

「佳世ちゃんは食べたらあかんで。今以上に太ったら高志君に見捨てられるからな」

「そんなにがつがつ食べんでも取らへんわ」

「いや、分からん。佳世ちゃんならやりかねないわ」

高雄さんが回覧板を振りかざして余談を制止した。

「予め知らせておいた公園の清掃を町内で行なう件についてですが、まず賛同する、しない、のご意見を伺いたいのですが」

誰も口を開けず静まり返った。様子見していた一人、梅田のおばちゃんが「現状では放っておけまへんな」と答えたので全員頷いた。

高雄さんは同意を得たとして笑みを浮かべ次に進んだ。

「あくまでボランティア活動として行なうのですから強制はしません。今回は都合悪いけど次回は出ますとか、月に一度ぐらいは何とか都合つけます、でも良いと思います。問題は活動を始める日と時間です。毎日行なうのか隔日に行なうのか、それとも週一にするのか。また、昼間にするのか早朝か夕方にするのか。ここのところを話し合いたいのです。木村さん宅のようにご夫婦とも働いておられるご家庭もありますのでね」

いろいろと意見が出た。実施について反対する者はいなかったが、日と時間についてはそれぞれの家の都合があるので、容易に決まらなかった。

話し合いの結果、二班に分けることになった。一班は、引退したお年寄り家庭を中心にした早朝班。二班は、現役世代を中心にした土・日曜の夕方班になった。用事があれば出てこなくてもよいし連絡もしなくてよい。定められた時間に自主的に東部公園の芝生広場のあずまやに集まる、と決まった。

佳世は困った。早朝班か夕方班か、どちらかに決めなければならない。

躊躇していたとき、声が掛かった。

「佳世ちゃん、あんた偉いなあ。時折公園の掃除しているようやな。見かけた人が感心してた」

「えへへへ」

笑ってごまかしたがギクッと唾を飲み込んだ。きっちり見られていたのだ。このときあっさり、お父んが散らかしていますので、と白状すればよかったのだが、喉元まで出ていた言葉を呑み込んだ。

「あんたとこは、お母さんもお父さんも働いてはるので、佳世ちゃんの時間の都合がついたときでよいのと違う」

「そのようにしてもらったらありがたいです」と誘導に乗ってしまった。

高雄さんが、うん、と頷いた。

早朝班にお父んが見つかることはまず考えられない。まだ寝ている時間になる。問題は夕方班である。見つかることは明らかだ。そのときどのように弁明したらよいのか、頭を悩ましながら佳世は寄合の席を後にした。

＊

公園清掃のボランティア活動が始まった。今日は日曜日なので二班担当で夕方に始まる。どうなるようになるか、と佳世は一旦開き直った。しかし、お父んと衝突するのは明白なので気になって仕方ない。高雄さんらが活動を始める時刻は一刻また一刻と迫り、居ても立ってもいられなくなった。追い込まれるとアイデアが浮かんでくる。見つけられないうちにお父んを帰宅させようと一策を編み出した。

ケイタイで呼び出した。

「お母んが緊急の用事ができたので帰ってきてほしいって」

「俺に用事なんてあるはずない。あるとすれば、ここにハンコ捺してくれと、離婚承諾を迫るときや」

お父んはプチッとケイタイを切った。嫉妬は相当根深かった。もう、なるようになるしかなくなった。

午後五時半に公園のあずまやに町内のボランティア有志八人が集合した。早朝班はすでに今週の月曜日から始めているので、想像していたほどゴミは散らかっていなかった。しかし犬を散歩させている人もいるし野良猫や土鳩に餌をやりに来る人もいる。後始末が不十分で犬のうんこが転がっているし鳥の餌袋がポイ捨てしてある。煙草の吸い殻も落ちている。

有志八人は二人一組になって四組に分かれた。マスクを掛け、軍手をはめ、火挟みとビニール袋を持って所定の場所に移動した。

高雄さんは外周路付近の担当になった。もう一人と道路の溝に沿ってゴミを拾い始めた。この時間帯になるとジョギングしている人、ウォーキングしている人、犬を散歩させている人が多くなる。大概は顔見知りである。「ご苦労さんです、ありがとう」「お気をつけて」と挨拶を交わしながら、佳世の父親の軽自動車が止まっているところまで来た。そのとき、待っていましたと言わんばかりに運転席側の窓がするするっと開いた。鼻汁をかんでクシャクシャにしたティッシュ、お菓子の空袋がポイポイと捨てられた。どう見ても嫌がらせしているようなやり方だ。

高雄さんはサイドミラーに映った運転手の顔がニヤニヤしているのを見た。

無言でつかつかと近づき捨てられたゴミを火挟みで拾い上げた。ビニール袋に回収するとき手が小刻みに震えた。

「木村さんと違いますの?」

同行者が素っ頓狂な声を上げた。

「こんなところに車止めて何してはるんや」

怪訝な顔つきで近づいていったとき、またポイッとゴミが捨てられた。今度は飲み干したお茶のペットボトルだった。

高雄さんが黙って近づきビニール袋に収納した。そして、まだあるのならここに捨てなさい、と言わんばかりに袋の口を広げて迫った。

純雄さんと目が合う。睨み合う。火花が飛ぶ。

運転席のドアが壊れんばかりにドヒャーッと開いた。

「馬鹿野郎！　ええ恰好しやがって！　ゴミがそんなに欲しけれゃ、くれてやるわ！」

助手席に敷いていた布団やタオル、それに図書館のマークが印してある単行本を地面に叩きつけるように放り投げた。

ゴミ拾いをしていた二人はゴミ袋と火挟みを持ったまま呆気にとられ立ち竦んだ。

一瞬の間があって、顔面蒼白の高雄さんが怒りで体をわなわな震わせ注意した。

「ゴミを捨てないでください。公園の利用者が気分良く利用できるように協力願います。この本は図書館に返しておきます」

「ふざけるな！　面の皮剥がせ！　人の嫁さんに手を出しやがって！」

「なんと……」

言い掛かりにも程がある。高雄さんがつかみかかろうとして踏み出したとき、同行者が腕を強く引っ張って、そのまま引きずって後方に下がらせた。

高雄さんはベンチに座って、顔を真っ赤に滾らせ憤りを堪えていた。しかし昂る気持ちを抑制することができなかった。再び立ち向かおうとして同行者に後ろから羽交い締めにされた。振りほどこうとしてもがき喚いた。

「放してくれ！　話をつけさしてくれ！　人の嫁さんに手を出したと言われて黙って引き下がれるか！」

阻止しようとする同行者は力を抜かなかった。高雄さんは力尽きて泣きながら思いとどまった。

＊

公園で高志と佳世の父親たちが渡り合った翌日になる。

授業を終えて下校時間になった。自転車を押しながら仲良しカップルが心の根を絡ませた。

高志が前から後ろの佳世に語り掛けた。

「昨日、お父さんの様子がいつもと違ったんや。休日だったので午後に近所のスーパーへ冬物の衣料品を買いに行ったんや。そのときは機嫌良かったんや。帰ってきてゴミ拾いに行ってくるわ、と言って公園へ出掛けたんや。出掛けるときも機嫌良かった。一時間ほどで帰ってきたんやけど、顔面蒼白で体をブルブル震わせてんねん。興奮したときに出る症状や。それがひどかったのでびっくりして、しばらく休息したら、と言ってみたんや。けど、耳に入らなかったのか黙って手も洗わんと夕食の用意を始めたんや。途中で気づいて洗面所で洗ってきたけどな。それからも、むっとして一言も喋らへんねん。通常通り夕食を拵えて家族に食べさしてくれたんやけど、おいしいかとか、味はこれで良かったか、とか、いつもなら話し掛けるのに、青い顔して黙々とお箸を動かしてるねん。放っとけへんので志乃と目配せしてお箸を置いて語り掛けようとしたんやけど、表情があまりにも険しくて声を掛けられなかった。家族みんな沈黙の中で夕食を終えた」

佳世もその話に乗っていった。

「うちのお父んも帰宅したとき様子がおかしかった。何か考え事しているらしく冴えない顔しているので、どうしたん？　体調悪いんか？　て尋ねても口を噤んでだんまりを決め込みよった。何度も呼びかけたんやけど、そのうち怒り出して『構うな、放っとけ』と腕を組み天井見上げとった。凄まじい形相やった」

佳世も高志もそれぞれの父親の身に何かあった、と気づいたが関連付けはできなかった。

「親はやりにくい。子供の前でストレートに心を表さへん。迷惑掛けんとこと思って配慮してくれてるのかもしれんけど、それは逆効果や。親の体面を繕うために最後はだんまりを決め込む」

「うちのお父んな、だんだん扱いにくくなってきた。お母んとの間でいろいろと問題はあるんやけど、自分を閉ざしてしまったら解決せえへん」

二人はそれぞれの父親を愚痴りイライラしていた。

「バイバイ」

「それじゃあな、バイバイ」

佳世は家に帰っていつものように夕食の下拵えをした。お父んの動静が気になっていつもの演歌はなかった。

様子を窺っていた紗世が、「高志さんと喧嘩したんか」と、ニヤリと頬を歪め突っ込んできた。

「うるさいな！　ちびは黙っとり」

「おー怖っ。なー、いつになったら料理教えてくれるねんな」

「覚えたかったら、傍に来て見てたらええねん」

「機嫌悪いし、今度にする」

佳世は黙々と下拵えを終えて、ビニール袋に火挟みを忍ばせ公園に向かった。

あれっ？　お父んの自動車のフロントガラスに蜘蛛の巣が張ったような罅《ひび》が入っている。

「どないしたん、事故ったんか？」

「石が飛んできた」

「動くんやろ？　今から修理工場に持って行き」

「あいつと交渉して修理代出させる」

「石を投げてきた奴は分かっているんか、誰や」

お父んは一呼吸置いてから、「通りすがりに石を投げよったので顔は見てへん。また来よるやろ」と答えた。明らかに相手が誰なのか隠している。

佳世は石を投げた相手がなんとなく読めた。ゴミのボランティア活動をしている人と揉めたに違いない。それを探ろうと助手席に乗り込んだ。

フロントガラス越しに、西山連峰に沈まんとする太陽が雲をオレンジ色、燃えるような赤色、神秘的な紫色に染めていた。

「夕日が綺麗や」

お父んが心持ち体を佳世に寄せて前方を指さした。煙草の臭いがした。

「ピョコンと突き出ている山あるやろ。あれが愛宕山や。あの麓の出雲という在所でお父さんは生まれたんや。お祖父さんやお祖母さんが元気な頃は何度も連れて行ったから覚えているやろ」

「覚えてる、お祖父ちゃんがお父んを、〈スミ、スミ〉と呼んでいたので真似して怒られた。お祖母ちゃんの膝の上に座ってご飯を食べたことも覚えている」

「春になったらあの山に赤紫のきれいな花が咲くんや。九輪草《くりんそう》というてな。一度も見たことないやろ。群生しているからきれいやで。来年連れて行ったるわ」

「楽しみにしとくわ。お母んも紗世も連れていかなあかんで」

「ああ、みんなを連れていったる」

今日のお父んは母を持ち出しても感情的にならず冷静だった。

「四人で家族旅行したことないな。冬休みに温泉に行こうや」

「温泉か、ええなあ。頭に手拭い乗せて浸ってみたいなあー。海に沈む夕日が見えるところやったら、なおさらええなー」

「うちなぁ、温泉に行ったことないね。お母んと紗世と一緒に湯に浸ってみたい」

「お母さんは忙しいのでなあ。実現するかどうか」

「お父んが温泉に行こう、と決めたらええねん」

「お母さんを甘く見たらあかんで。先にお伺いを立ててからでないと実現せえへん。結婚して二十年ほどになるけど、勝手に動いたばっかりに身の毛がよだつほど凄い気迫で怒鳴りつけられたことがあった。夫であっても出し抜いたことをしたら容赦せえへん。自分が立てた方針をブルドーザーのように推し進めていく人や。その馬力で、浮き沈みの激しい世界で美容室を六店舗経営してきた。そのためには夫や子供を犠牲にするぐらい何とも思っとらへん。佳世をごまかして一蹴するぐらい朝飯前や」

「私にそんなことせえへん」

「今に分かるわ。母子の間でも秘密にせんならんことはあるんや」

「あるかもしれんけど、私はお母んを信じている」

フロントガラスの枠内から見る夕景は刻々色が変化するのでアニメの映像を見ているように美しかった。父と娘は無心になって見とれていた。

佳世はお父んが落ち着いていて冷静だったので、石を投げた相手を特定する話に持ち込まなかった。何となくもう済んだ気がしたのだ。ゴミで膨らんだビニール袋を前かごに乗せて、夜陰に溶け込むように自転車を漕いで帰った。

誰しも後年になって、あのときに手を打っておけばよかった、と後悔するときがある。今日がそのときだった。

お父んがなかなか帰ってこない。いくら待っていても帰ってこない。軽自動車のフロントガラスが破損していたので、修理工場に持って行ったのだと思っていたが、それにしても遅い。胸騒ぎがする。佳世、佳世、と呼んでいる声が聞こえる。公園へ様子を見に行こうとしたが足が竦んで動かなかった。「あー疲れた。腹減った」の声を聞くまで夕食を温めて待っていた。

事件が起きる

翌朝、澄んだ秋の空が広がり五雲峰の山嶺が鮮やかな姿を見せていた。春の若葉の頃は躍動する生命力を感じさせるが、秋の風景は逆に万物の終焉を知らせるようで心に沁みる。

高志は報道機関のヘリコプターが低く旋回しているのを見た。カタカタとプロペラの回転音を聞きながら自転車のペダルを漕いでいた。深く考えることもなく学校に着いて、午前中の授業を終えた。

昼休みになって食堂に行ったとき、佳世の姿がなかった。キョロキョロ辺りを見回していたら顔見知りの女子が近づいてきた。

「彼女、休んではるで」と、知らせてくれた。

「えっ、珍しいな。風邪を引いたわけでもないと思うけど、どうしたんやろ」

「ごまかしてもあかん。佳世は産婦人科医院に行ったんと違う？」

「変なこと想像するなよ！」

「それではなんで休んでるの。高志が知らんはずない。お腹大きかったしな」

女子がぎょろっと下から目を剥いて探った。

「ホームルーム担任から何も知らせがなかったのか？」

「木村佳世さんは本日は休みです、と言っただけや。突然だったのでクラスがざわついてた」

高志は気になってケイタイを取り出した。

〈……お呼び出しいたしましたがお出になりません〉の音声が流れるだけだった。

佳世の身に何か予期できない問題が起こったのだ。心臓が呼応してドクドク、ドクドク高鳴った。

上の空で七時限目の授業を終えた。

自転車に跨り、走行禁止になっている校内の急坂を一気に下って佳世の家に向け住宅街の抜け道を疾走した。

東部公園の外周路まで来たとき、パトカーが停まっていて規制線が張られ先に進めなくなっていた。

ここで何か事件が発生したのだ。佳世は学校を休んでいる。事件に巻き込まれたに違いない。心臓の鼓動が一層高くなり無我夢中で自転車を漕いで佳世の家を訪れた。

家の佇まいが森閑としていて三階の高窓に嵌め込んであるステンドグラスも陰っていた。家人が生活している気配は全くなかった。玄関チャイムを鳴らした。応答はなかった。

ケイタイで呼び出してみた。

〈……お呼び出しいたしましたがお出になりません〉

何度掛け直しても同じ文言が流れてきた。

仕方なく、とぼとぼと自転車を押して家に帰った。

妹の志乃がテレビを見ていた。

「お兄ちゃん！　大変や。佳世さんのお父さんが殺された」

仰天してごくっと唾を飲み込んだ。

テレビのニュースは東部公園で殺人事件があったことを報道していた。ヘリコプターから撮影された映像は、見慣れた公園の外周路がブルーシートに覆われている様子を、旋回しながら何度もアップにしていた。

高志は唇を小刻みに震わせ食い入るように画面を見た。テロップが流れて被害者は近所に住む木村純雄さんと出た。青天の霹靂である。驚愕して呼吸困難になり息が詰まった。どうしたらよいのか分からずヘナヘナとその場に座り込んだ。

しばらくして夕刊をポストに投函する音がした。

志乃が取ってきた新聞をひったくった。顔写真が出ていた。紛れもなく佳世のお父さんだった。

軽自動車の外で腹部を刺され血まみれになって死んでいた。運転席側のドアが開いていたので、引きずり出され殺害された模様。遺体の状況から推定して犯行は昨日の夕刻から夜にかけて。自動車のフロントガラスが蜘蛛の巣状に損壊していたので何かトラブルがあったようだ、犯人はまだ見つかっていない――と記していた。

外出していた母が帰ってきた。志乃が新聞を広げて見せた。

「町内でこんな大事件が起こるなんて、静かなところやったのに物騒になったなあ。気の毒に……木村さん」

案外冷静で取り乱した振る舞いはなかった。しかし顔は青ざめていた。

時間が経って父が帰ってきた。いつものようにガレージで洗車し、洗面室で顔を洗い、歯を磨き、居間に入ってきた。違ったのはいきなり夕刊を広げて食い入るように目を通したことだ。これまでは夕食を終えて一家団欒の場に移ってから新聞を広げていた。

「木村さんが殺されたんか。えらいことになったなー」

新聞を読む手が震えていた。気持ちを奮い立たせるように顔面を両手でピタピタと叩いて勢いをつけ「今日はご馳走作るわ」と台所に立った。

そんな夫の姿を妻はシラーッとした眼差しで見つめていた。

父は前掛けをして夕食の用意を始めた。冷蔵庫のドアをバタンバタン開け閉めし、水道の蛇口から水がほとばしり、包丁がトントントンとリズミカルな音を立てた。

「あっ、指切った。高志、絆創膏持ってきてくれ」

滅多にないことだ。手元が狂うなんて、と思いながら、高志は薬箱を開け父の左の人差し指に絆創膏を巻いた。傷が深くて血が滲んでくるので三枚重ねて巻きつけた。

父は食後の一家の団欒を早々に切り上げて二階の自室に籠った。母はその姿をじっと見送っていた。高志は包丁で切った指が痛いんかもしれないな、と思おうと努めた。が、打ち消すように、お父さんが事件に関わったと察した。動揺しながら自室の六畳間に入ってベッドに寝転び、もう一度佳世をケイタイで呼び出した。佳世が死んだのではないことは判明したが、佳世は父を失ったのだ。どうしているのか。とにかく会って励ましてやりたかった。しかし躊躇もした。殺害事件に父が関わった気がしてならないのだ。

〈……お呼び出しいたしましたがお出になりません〉

同じ文言を繰り返すだけだった。ケイタイを握りしめて空中を遊泳するように外へ出て、ふらふらと道路を渡った。佳世の家は先ほど訪れたときと同じく静まり返っていた。どの部屋にも明かりが灯っていなくて人の気配はなかった。廃墟同然となって闇に忽然と佇んでいた。念のためにチャイムを押したが反応はなかった。「佳世！　佳世！」と呼び掛けた、勿論返事はなかった。

＊

事件のあった二日後の朝。風雲急を告げるように、輪郭をほぐした白い雲が青空を駆けていた。

この日も佳世は学校を休んでいた。高志は一人で下校し直接佳世の家を訪れた。やはり人の気配はなく、ひっそりしていた。チャイムを一度だけ押して帰った。

一筋違いの自宅まで帰ってきたとき、家の様子を窺っている者がいた。日頃見かけない短髪でがっしりした背広姿の中年男性だ。鋭い目つきで睨みつけたが声掛けはなかった。気味悪かったがそのまま家にこそこそと入った。

母は動揺した顔つきで高志の帰りを待っていた。

「家の前に誰かいたけど何にも言わへんかった」

「これから買い物に行くのでついて来てくれへんか。一人で行くのが怖い。帰ってくるのを待ってたんや。お父さんが夕食にバーベキューをするので肉を買っておけと連絡してきた」

「うん」と、返事をして高志は母に付き添って自転車で出かけた。母と一緒に買い物に行くのは何年ぶりだろう。

スーパーで牛肉と野菜を買って店を出たところ、報道機関の腕章を巻いた男性記者が買い物客にインタビューを試みていた。母と高志はそれを避けるようにして自転車に乗った。

二人は家に帰ってからも冷静な状態ではなく、心臓を揺さぶるような怯えを感じて平常心ではいられなかった。

父はいつもの時間に帰ってきて、いつものように洗車して、顔を洗い、歯を磨いて、高志らが待っているダイニングルームに入ってきた。指に包帯が巻いてあったので痛々しかった。病院に行ったのだろう。

「今日はバーベキューにしようか。指を怪我したので料理ができひん。ガレージでみんなで楽しもうや」

何度もやっていることなので手分けをして用意した。高志は七輪に炭を入れ、着火剤を使って火を熾《おこ》した。妹の志乃は台所で茄子とピーマンとシイタケ、キャベツを刻んで竹製のざるに入れ、肉をお皿に並べて運んできた。四人分の小分け用のお皿とお箸、フォーク、ジュースと缶ビールをプラスチック製の白い簡易テーブルに並べた。母はお箸を持って椅子に座り、準備が整うのを待っていた。用意ができたのを見計らって高志はフライパンを七輪に掛けた。その様子を見ていた父が、「よっしゃー。みんなでやったら早いな。食べよう」と号令した。

「うん。柔らかくておいしい肉や」と高志が口に入れて目を細め笑みを浮かべた。志乃が「野菜を食べんとあかん。うん、おいしいな。ご飯いらんわ」と屈託なく微笑んだ。高志は次々フライパンの上でお肉や野菜を焼くのに忙しかった。旺盛な食欲に手元が追いつかない風だった。この日のバーベキューで最も口数が多かったのは父だった。高志や志乃の小学生時の思い出話を繰り返した。高志がなかなか泳げなくて、夏休みにプールに連れて行って特訓したこと。志乃が学芸会で魔女に扮して竹箒に跨り、得意満面で保護者席にいる家族に手を振っていたこと。一つ一つ思い出しては眼差しを遠くに向け一人で相槌を打っていた。普段は一缶しか飲まない缶ビールを二缶も空けた。

高志はその夜、寝つきが悪く、何度も寝返りを打った。佳世はどこで何をしているのだろう。父の死とともに忽然と姿を消した一家を案じていた。そして、父が犯人では……という確信も諸状況から察して持つに至った。もはや取り越し苦労で終わってほしいと願う淡い望みはなかった。

深夜、母のすすり泣く声を聞いて目が覚めた。そのまままんじりともせず朝を迎えた。珍しく母が早起きして階下の食卓に端然と座っていた。高志と志乃に学校を休むようにと言い渡した。

父が高志を自分の部屋に呼んだ。

「木村純雄さんを殺したのはお父さんや。公衆道徳をわきまえず、注意しても聞かず、ありもしない佳世ちゃんのお母さんとの仲を疑って罵倒された。意に沿わないことを言われたので黙って済ますわけにはいかなんだ。感情が頂点に達し、善悪の見境がつかなくなり、台所から包丁を持ち出して、木村さんが自動車を止めている公園に走った。ドアを開けて逃げようとしたところに、心臓に包丁を突き刺した。木村さんは『この野郎！』と引き攣った声音を残しガクッと首を垂れ息を引き取った。あれから三日経って天の声が諭してくれた。あの人にもあの人なりの事情があり生き方があったのだ。公衆道徳に反するからと言って、あらぬ疑いを掛けたからといって、命を奪うことはなかった。話し合えば折り合いをつけられた。一時の感情が理性を上回れば、人とて簡単に殺害してしまうのだ。木村さんは他人に命を断たれて、さぞかし無念だったろう。『この野郎！』と叫んだ断末の一声に、生き続けたい思いが込められていた。ご遺族方にも相済まない。お前たち家族にも申し訳ないことをした。親は子を一人前になるまで育てなければならない。そうでなければ親とは言えない。私は失格だ。高志と名付けたのは高い志を持って世の中に貢献するようにという思いからだった。私の願いを忘れないでほしい。これから犯罪者の子として世を渡っていかなければならない。境遇が一転するが耐え忍んでくれ。お父さんの実家はお前たちを引き取る余裕がない。お母さんの実家は裕福や。昨夜電話してよろしく頼むと言っておいた。お母さんとは離縁するので、お前も志乃も姓を母方に変えて生きていってくれ。お母さんは何にもようせえへん。志乃は難しい年頃や。一家の存続と繁栄はすべてお前に掛かっている。こんなことになって本当に申し訳ない。許してくれ」

父は床に頭を擦りつけて肩を震わせ泣いた。階下からも志乃の空気を切り裂く激しい泣き声がした。母が事情を説明したのだ。

高志は覚悟していたとはいえ、父の告白に戸惑い一言も発することができなかった。事もあろうに、犯人は全面的に信頼していた実父だった。面と向かって告白されて、事の重大さに慄いて容易に受け入れることができなかった。といっても事実なんだから逃げるわけにはいかない。父によって維持されていた栗原家は存続の基盤を失った。経済力を失ったので、勉強一辺倒の境遇はガラガラと音を立て崩壊した。もう京大を卒業して外交官になる望みは幻と化した。佳世との関係もこれで終わりだ。積み上げてきた十四年間の友情が父によって断絶してしまった。近所の方々にも顔向けができない。殺人犯の子として世間を彷徨《さまよ》う姿を想像した。現世に未練があるなら過去を隠して見知らぬ遠い地に移り職を見つけて働くしかない。未練がないのなら僧籍に身を置いて世を儚むしかない。父が託した、姓を変えて生きていってくれ、一家の存続と繁栄はお前に掛かっている、という言葉も、これからを生きる何の指針にもならなかった。

高志は父の前で怒りをぶちまけたかった。が、その気力さえ湧かず呆けたように座り込んでいた。眼差しはどこを見ているのか曖昧に宙に漂っていた。

母と高志と志乃は、父が手配したタクシーで住み慣れた家を後にした。慌ただしかったのでそれぞれの身の回りの物を詰め込んだバッグ一つずつのみを、大事そうに抱えての出発だった。

高志は車窓から見慣れた街路樹や電柱や虫籠窓のある駄菓子屋や漆喰の塗屋造の酒屋が後ろに流れていく風景を虚ろな目で眺めていた。もうここに戻ることはないと思ったら、目尻に涙が滲んできた。落人になって町を去るのだ。

今後を話し合う

栗原高雄が自首して事件は解決した。報道機関は鳴りを潜めた。

京都市の北山通りに面した高級住宅街の一角に高志の母の実家があった。そこに、高志ら家族三人が移って一週間経った。ここに犯罪者の家族が潜んでいることは近辺で知られていない、と思う。しかしいつまでも潜んでいるわけにはいかない。母は泣いてばかりで時折神経が昂り、自殺すると喚いては祖母に慰められていた。志乃は一切外に出ないで沈黙している。音楽を聴いているわけでもなく、テレビを見ているわけでもなく、漫画や週刊誌を読んで過ごしているわけでもなかった。目は虚ろで感情を表に出さず捉えどころがなかった。高志も志乃も学校に行っていない。世間から身を潜める隠遁生活は精神的に耐えがたい。

母が祖父に泣きついた。

「嫁いでいった娘が子供二人を連れて戻ってきたとなれば、何かあったと詮索するのが近所の習いです。噂が立つ前にどこかに引っ越したい」

祖父は願いを聞き入れて高志ら家族を匿うために、遠く離れた左京区大原三千院の近くで賃貸アパートを見つけてくれた。築二十年の二階建て、その一階の端の部屋である。間取りは2LDK、家賃は六万二千円と聞いた。ここに移って住民登録をして義務教育下である志乃は転校し、高志は中途退学して就職先を探すことになった。祖父がすべて段取りをしてくれた。当面生活していく預貯金はある。アパートの賃貸料は祖父が出すと言ってくれた。

高志はこのアパートに移って母方の姓に変え心機一転再出発する気になっていた。これまで学んでいた坂の上高校の二学期の期末テストは明日から始まる。未練はあるが仕方ないと諦めた。

何の家具もない、祖母が買い揃えてくれた三人分の布団と食器があるだけのアパートの一室で、最初の夜を迎えた。布団を敷いて、その上で車座になり、母と志乃と三人で今後について話し合った。

母はこんなことを言った。

「お母さんは離縁して姓を戻し、このアパートで余生を過ごすつもりや。栗原ではなくなったんや。それはあんたらもおんなじや。再起するにはお父さんと縁を切った方が身のためや。栗原として過ごした期間は二十年ほどやった。座敷牢に閉じ込められて何も面白くなくて苦痛の日々を送っていた。あんたらもお父さんに抑えつけられて委縮していたと思う。成長期にこんな思いさせたお父さんを憎んだら良い。あれは虐待や。このアパートで自由を謳歌したら良いね。窮屈な囲いから出て、世間を気の向くままに羽を広げて飛び回ったら良い。なにも京大を卒業して外交官になる思いに囚われんでも良い。お父さんが押し付けた生き方なので自分の道を見つけて歩んだら良い。お母さんもそうする」

高志は呆気にとられた。自由に羽ばたいたら良いとはどういうことだ。そんな無責任なことをよくも言えたもんだ。母親なら働いて二人の子を養おうと決意するのが普通だろう。甲斐甲斐しく働く母親の姿を見て子供は難局を乗り越えようと奮起するのだ。子供を守る動物的母性のない母は、飾り物の母に終始した。

高志は憤然として身を乗り出した。

「僕は就職先を探す。一流の会社に就職するのは難しいと思うので、まず自動車の運転免許証を習得する。二種免許を取り大型免許を取ったら何とか生計を立てていける。このアパートに落ち着いて徐々に態勢を整える」

志乃は兄の当面の方針を聞いて、きりっと眉を吊り上げた。

「私は万福寺町のあの家に戻る。あそこで生まれたんや。友達もいる。料理も作るし洗濯も掃除もできる。もう中二や。心配せんといて。姓も高原のままでええ。この間、こそっと友達とケイタイで話し合った。みんな待っている、と言ってくれた。担任の先生にも学校に戻れるか聞いてみた。何の心配もいらん、教職員全員で支援する。早く登校してんか、待っているからな、と勇気づけ励ましてくれた」

母は志乃の決意を聞いて激しく嗚咽した。

「私はあそこにどうしても戻れへん。お父さんが血相変えて台所の包丁を持ち出したとき、身を挺して止めたらよかったんや。理由が分からんでもただ事ではないことぐらい分かっていた。それができひんかった。ボケーッと見てた。その責任を被って、亡くなられた木村さんの冥福を祈る日々を送る。近いうちに剃髪して仏門に入る。そう決めた。栗原と縁を切るとはそういうことや。高志も志乃も犯罪者の子として足かせ嵌められて生きていくのは辛いと思う。過去を隠すために母方の姓を名乗れと言っているんや。せやけどあんたらが罪を犯したんではないんや。そういう意味では犠牲者や。万福寺町の生家に戻ると言うんやったら戻ったらええで。お母さんと縁切って、ここに捨てていったらええ。お母さんは料理も掃除も何にもでけへんから足手まといになるだけや」

母は二人の子を前にして瞳を覗き込むようにして決意を語った。

高志は母と妹の決意を聞いて心がぐらついた。

「志乃が生家に戻って住むと言うんやったら僕も戻る。一人で住まわすわけにはいかん。そうなると現在の坂の上高校を中退して就職することになる。いつまでも祖父に頼っているわけにはいかん」

とは言ってみたものの、思考が混沌として定まっていなかった。現在の学校に未練があったし、十七年に亘って目指してきた外交官の道を容易に断ち切れなかった。黙り込んだところを兄の迷いを洞察した志乃が提案した。

「お兄ちゃん、佳世さんと相談したら。どんなときでも話し合っていたやんか。良い知恵授けてくれると思うわ」

高志は混沌とした状況の中で二週間ぶりに佳世に電話した。

受信したときの音が鳴った。

「あのー」

「高志か？　何が、あのーや。さっさと学校に戻っといでな！　いったい何日休んだら気が済むねんな。期末テストが明日から始まるで。京大受験するんやろ。受けなかったら評定下がるで。うちは葬式を済ませた翌日には学校に戻って勉強してる。世間を気にして沈み込んでたらあかんで、根性あるところを見せてんか！」

口調はとげとげしくて、苛立っていた。

「佳世とは立場が違う。僕は佳世のお父さんを殺した犯人の子や」

と細い声で立場を吐露した。

「父親が起こした事件で、めげててどうするの！　私はお父ん失ったんやで。口に出せへんぐらい腹立ったわ。その気持ちは時が経っても変わらへん。ケイタイで長話もできひんので明日、事件のあった東部公園のあずまやで午後三時に待ってるわ。期末テストが始まるけど高志と会う時間ぐらいは作れる」

高志は佳世の声を聞いて心に一条の光明が差した気がした。

＊

二人は再会した。佳世の顔に笑みはなかった。

高志はベンチから立ち上がって頭を下げ佳世を迎えた。

「私に詫びんでもええで。高志が殺したんと違うやろ」

「佳世は大切なお父さんを失ったんや。犯人の子として詫びたい」

「何度でも言うけど高志は犯人ではないんや。平然としてはいられへんと思うけど、勉強に励んだらいいんや」

「そんなことを言われても……犯罪者を親に持った者しかこの心境は理解できひん」

「警察から犯人が自首してきたと連絡あったとき、包丁持って押しかけ、刺し殺してやると息巻いた。紗世が背中に抱き着いて『私をこれ以上悲しませんといて』と言って止めた。紗世は、父の死を知らされたとき、気が狂ったように泣いた。普段はお父んとの仲が良いとは言えなかったけど、裏を返せばもっと構ってほしかったんだと気づいた。出生が出生だけに父親の愛情に飢えていたんや。なんで紗世を置いて死んだんや、と喚き号泣して手が付けられなかった。私も大泣きしたかったけど紗世に先越されて宥め役に回るしかなかった。お母んは被疑者でもないのに事情聴取で警察に行ったきりで、家に二人がぽつんと取り残されていたときや。夫を突然失ったお母んは変わりよった。はよ家に帰ってきて子供二人と一緒にご飯を食べるようになった。料理も作ってくれる。『お母さんが家を空けていたからこんなことになった。佳世がお父さんの様子を尋常ではないと知らせてくれたのに放っておいた。許してや』と私と紗世に頭下げて詫びた。反省しとる。けどな、お母んは幾つも違う顔を持っとる、時と場所に合わせてころころ付け替えよる。今は自粛しとるだけかもしれん。しかし家族を放置していた責任は感じとるようや。事件から十日経って、取り乱していた家族は妙な静寂の中で息を潜ませて過ごしている。私は事件があった日の二、三時間前にお父んと会って家族旅行の話をしていたんや。あのとき、いつもと違ってお父んの家族に対する思い入れが素直やった。私は虫の知らせに気づかんと一足先に帰ってきた。何で一緒に帰らへんかったのかと悔やんでも悔やみきれんわ。一緒に帰ろうの一言を添えていたら失うことはなかったんや。不慮の死であの世に渡ったお父んの魂は思い出と化して家族三人に深く浸透して、永遠に存在し続ける。魂が鎮まるのはまだまだ先や。怨霊となって犯人一家に憑くかもしれん。高志にこんなこと言ったのは、被害者の気持ちをしっかり心に留めておいてほしいからや。留めたら次に何をしなければならないか分かる。事件を乗り越えて前に進んで行くんやで。あの世に渡ったお父んの魂はそのように願っていると思う。きついことを言うたけど今の私の気持ちや」

「僕の父は何事も自分で考え実行してきた。ワンマンで単刀直入な人やった。その性格ゆえに職場でもトラブルを起こしている。その一方、僕ら家族に尽くしてくれた。感謝しているし尊敬もしている。しかし残された者は世間に知れ渡った殺人犯の子供として生きていかなければならない。お父さんは家族がどんな気持ちで過ごしているのか、留置場で振り返り反省していると思う。被害者の佳世を前にして勝手な悔やみ事を言ったかもしれんけど」

二人は沈黙し、それぞれの手のひらをじっと見ていた。

「あんな、高志、現実を考えてみて。これからどうして生活していくの。おそらくお父さんは懲戒解雇処分されると思う。退職金は出えへんやろ。僕とこはぎりぎりの生活をしている、と言っていたので心配や。アルバイトをして稼いだお金では生活していけへんで。妹はまだ中二やんか。どうにもならへんで」

「何とかなると思う」

「何とかならへん、サラ金で借金するのは簡単やけど二進も三進もいかんようになる。それこそ地獄に落ちていく」

「どんなことがあっても、京大に入って外務省に入る。外交官になる夢は捨ててへん」

佳世と話していて、諦めていた夢がむくむくと盛り上がってきた。佳世は事件を記憶に留めたら次に何をしなければならないか分かると言った。

揺れる心を察したかのように佳世が語り掛けた。

「高志、言うとくけどな、父によって刻印された一身上の条件を考慮せんとあかんで。このままやったら、外交官になる望みは夢で終わるわ。現実はそんなに甘いもんやない。国家試験は努力次第でパスするかもしれん。しかし外務省が実施する面接試験で落とされる。面接官は家庭を調べ上げる。殺人犯の子なんて採用するかいな。何も外交官にならんでもいいやんか。とにかく今の時世やから資格を身に付け卒業した方が良い。高志なら弁護士になれる。学生の間はうちのお母んに面倒見てもらい。働けるようになったら少しずつ返していったらええねん」

「夫を殺した犯人の息子を、殺された夫の妻が支援する。そんなバカげた話はない。下手すれば手を組んで夫を殺害したと陰口叩かれる」

「黙ってたら分からへん。うちのお母んは幾度も身を切って難関を突破してきたんや。高志の苦境は理解しとる。こんなことは口外したらあかんねんけど、お母んは私を騙しとった。お父んが事件に遭う直前に気になることを言ったので不審に思って、左京にあるビューティーサロン michiyo の清水店を訪ねたんや。二階に住んでいると言っていたしな。寮にはなっていたけどお母んが住んでいる形跡はなかった。働いている美容師に、急用で来たけどまだ店に来てへんのか、とカマかけたところ、この時間はマンションにいはります、と答えたんや。シメたと思って店の電話の着信記録から電話番号を見つけて掛けた。そしたら男性が出て、甘い声で、

『もしもし』と言った。それ聞いて頭に血が上った。大声で、『佳世や！　帰ってこい』って、それだけ言ってプチッと切ったった。お父んがお母んを信用してなかった理由がこれで分かった。夫婦間でお父んの役目は終わってたんや。お母んは次の世界を構築して燃えとる。それで良いと思う。髪結いの亭主で一生を過ごそうと企んだお父んが浅はかやったんや。お母んはこのことについて未だに何にも言いよらへん。私も聞かへん。家に帰ってきて料理を作り、子供と一緒に過ごすようになったのが答えだと思うことにした。けど、これぐらいでお母んを信用できるかいな。あの男と切れてへんやろ。ほとぼりが冷めるのを待っとるだけや。お母んは道徳や社会秩序を無視した図々しい生き方かもしれんけど、お父んのような生き方もしたくない。そんなお母んやから遠慮せんと堂々と利用したらいいねん」

「いや、佳世のお母さんにそんなことは金輪際頼めへん」

「高志はお父さんの懐でぬくぬくと育ってきて突然世の中に放り出されるんや。まだ分からんやろな、世の中の厳しさを。なんとかなる、で済まへんことを。これから思い知らされるわ。困ったら相談してんか。とにかく明日、学校に出といで、テストの二日目になるけど全く受けんと零点で終わったらどうしようもなくなる。母親の里にいるようやけど転校したらあかんで。

世間の風評に負けて逃げたことになるで。絶対に逃げたらあかんで。熊は逃げる奴を追いかけて食べるんや。世間も一緒や。気迫で立ち向かっていくんや」

佳世の意見を聞いて高志は心の中をまとめた。

「これからは僕なりに世の中を渡る。艱難辛苦を乗り越えていく。悔いのない人生を送りたい。たとえ外交官の道が経済力の破綻や経歴の所為で道半ばで尽きても、納得できるようにしたい。これからは自分で決めた道を歩むのだから自己責任や。何度も言うけど佳世とは立場が違う。佳世は世間の同情の中で支援されて生きていける。僕と志乃と母は風評に怯えびくびくして生きていくんや。この違いは大きい」

佳世は上目遣いで、確認するように高志の瞳を覗いた。

「高志は『どこの家でもお父さんはお父さんや』と言って、その存在感の大きさを語ったことがあったな。ぐうたらの父であったけど、実際に失ってみて、その通りだったと身に沁みた。心にぽっかりあいた穴を埋めることができずに過ごしているのが現状や。それは悲しみとか寂しさとかで言い表されるものではないわ！」

高志を突き放しベンチから立ち上がった。

「お線香を用意してきたからあげに行こか」

事件現場は目と鼻の先である。

花束が添えられていた。リボンにビューティーサロンmichiyoとさりげなく記してあった。

「高志、よう見とき。お母んは世間の目を意識してこういう供養をするんや。これが夫を失ったお母んの強《したた》かさや。高志は世間の同情を集めて生きていけると言ったけど、お母んは利用して生きていくんや。健気さなんてあるかいな」

二人はお線香をあげ、額《ぬか》づいてしばし瞑目《めいもく》した。

佳世と別れ、心を固めた高志はしっかりした足取りで、十七年間住んでいた生家に向かって歩いた。

角を曲がったところで近所のおばちゃんたちが固まってヒソヒソと声を落として話し合っていた。みんな顔見知りである。避けるようにコソッと脇をすり抜けようとしたところ、振り向いた梅田のおばちゃんと目が合った。とたんに好意的な形相に変容した。

「あらっ、高志君。お母さんも妹さんも元気？　はよ、ここに戻っといで。あんたらがここに戻りづらい気持ちはようく分かるけど、ここで生まれ育ったんや。嫌がらせさせんように私らが庇うがな。いつも顔を見ていた者が突然いなくなったら寂しいわ。お父さんは、動機はどうであれ人を殺害したんやから、刑に服すのはしようがない。今話し合っていたのは嘆願書を集めようとしてたんや。町内の人はいろいろ助けてもらったことを忘れてへん。裁判で情状酌量が取り上げられて、刑期が短縮されるよう願ってな」

高志は家の中に跳んで入り玄関戸を後ろ手でピシャッと閉め、三和土《たたき》に突っ立ってオンオン泣いた。近所の人の心遣いが涙をとめどなく次から次へ瞼に送り続けた。

框から廊下に掛けてうっすらと白い塵が浮いていた。一家団欒の場であったダイニングルームは湿っぽかった。窓を開け放ち、滞留していた忌まわしい空気を放出した。自分の部屋に入ってベッドにゴロンと寝転んだ。身に馴染んでいるクッションの弾みは、ここが高志の場所であると迎えてくれた。父は高志に託していた。「一家の存続と繁栄はすべてお前に掛かっている」と。

天井見上げてここに戻ってくることを考えた。幸いなことに、世間の目に怯えていたが温かく迎えてくれそうだ。甘えかもしれないが、生まれたこの地に戻って出直すのだ。そう決意した。

ホームルーム担任の教師に電話をした。

「おおっ、栗原！　連絡を待っていた。何にも心配するな。学校を信頼して登校せよ。クラスの皆はまだかまだかと待っている。服部は張り合いがないと言ってしょげとる。三組の木村は葬式が済んだ言うて登校しよった。仲の良かったもんが迎えに行ったそうやけどな。お前は男や、一人で登校できる」

ジーンと胸に込み上げてくるものがあった。

通学用のバックパックを引っ張り出して教材を整えた。自転車を整備した。明日、学校に行く。ぶっつけ本番で期末テストを受ける。そう決意して。

体にエネルギーが漲った。日常に戻るために走ろう、走るんだ。自分に言い聞かせた。Tシャツとトレパンに着替えて表に出た。佳世の家の前を通ったが、覗き込んだだけで声掛けはしなかった。

そのとき、佳世はリビングにいた。

あれ！　なんかビリビリと玄関の空気が鳴動した。立ち上がって覗いたら人の影が消え去るところだった。高志！　直感で悟った。

佳世は魅せられたように普段着のジャージウエアで素足にサンダルを履いて後を追った。

二人は馴染んだ町内の空気を吸って大地を蹴り、再生のスタートを切った。

梅田のおばちゃんが出てきた。

「あれっ？　高志君や。佳世ちゃんも後を追ってきた」

町内のおばちゃんたちが大勢集まってきて、拍手して応援を始めた。「頑張れ！　頑張れー、高志くーん」

「頑張れ！　頑張れー、佳世ちゃあん」

「頑張れ！　頑張れー」

「フレー、フレー、高志くーん」

「フレー、フレー、佳世ちゃあん」

人世の応援を聞いて二人は町内を駆けた。

乗り越えた、今

琵琶湖を源として大阪湾に流れていく淀川の中流域は、宇治川と名称を変えて景勝地になっている。春の桜、夏の鵜飼、秋の紅葉、宇治茶の里を観光するために訪れる人たちで賑わう。左岸に国宝平等院、右岸に同じく宇治上神社があることも人心を駆り立てるのだろう。

今日は二〇二三年十一月三日、文化の日という祭日。

日本三古橋の一つ宇治橋の袂にある料理旅館の二階に、中年夫婦が投宿していた。暮色に染まる対岸の風景をまさぐるように眺めながら会席膳に舌鼓を打っていた。晩秋の夕暮れ時であり、中洲で餌をあさっていた鴨や鵜が一斉にねぐらに飛んでいく。瀬音が過去を振り返るように心を揺さぶる。

男性は濃紺のポロシャツの上に白っぽいジャケットをラフに羽織っている。ズボンは裾の狭いブルーのデニム。背が高く腕も足もすんなり伸びている。白いものが混じった五分刈りの短髪、品の良い顔立ち。だが日焼けして浅黒い肌にシミが浮いている。眉間の縦皺は抉ったように深い。どこかアンバランスな風貌だ。とてもデスクワークの仕事に従事しているようには見えない。

女性は足首まで覆うギャザーの細かいゆったりした濃紺のワンピースを着て、同色のカーディガンを肩に掛けている。衣服で工夫しているがどう見てもお腹が膨らんでいる。栗色に染めた頭髪はロングで縦巻きにカールさせている。顔立ちは可愛らしく丸い目元に愛嬌がある。哀惜の念に堪えてきた影が頬にへばり付いている。

苦難を乗り越えてきた曰くを秘めているようだ。

「この旅館に食事に来たのは何回目になるのかな」と男性が対岸に目を配りながら尋ねた。

「結婚したのが二十五歳のときや。今三十三歳やから八回目になるのと違う。毎年十一月三日の結婚記念日にはここで食事している」

女性は反応を窺うように上目遣いになって答えた。

「八年経ったか。二人の子育てに忙殺されてあっと言う間に過ぎたな。のんびりできる温泉に行きたいな」

「三人目の子がお腹にいるで」

「小一の一美《かずみ》と四つになる二美《ふみ》を道世祖母ちゃんに預けてきたけど、おとなしくしとるんかいな」

「心配せんでもあっちの方がええらしいで。お祖母ちゃんとこへ泊まりに行くか、て尋ねたら目輝かして『行く、行く』と言いよる。はよ食べろ、と急かされへんし、残しても叱られへん。部屋を汚しても悪戯しても怒られへん。やりたい放題しとる。それにしてもお母んは変わりよった。あんなことがあったときは私ら二人の子供と夫を放ったらかして真っ赤なフェラーリ乗り回し遊びまくっとったんや。若い男をマンションに囲って傍若無人な生活を楽しんどったんや。けどお父んを失ってから目覚めよった。放蕩の象徴だったフェラーリを手放して白の国産セダンに乗り換えよった。事件のあった当時はほとぼりが冷めるまで自粛しとるだけや、と思っていたがそうではなかった。今では孫二人の世話をしとる。抱き上げて頬にチューしながらあやしている姿見たら、おんなじ人間かなと疑いたくなるわ」

「僕の父親はあんなことをしでかしたので刑務所に入っとる。孫二人の写真を送ったら、上の一美は父親似や、下の二美は母親似や、と手紙に書いてくる。抱きしめてチューしたいと思うやろけどなあ。まだ娘らの方が刑務所にいるお祖父ちゃんを受け入れられへんと思うわ。中学生になったら連れて行こうか」

「今日は深刻な話しせんとこ。おいしい料理を腹一杯食べて、お風呂に入って、ぐっすり眠ろう。あっ、対岸の宇治神社にライトが灯った。夜間照明するんや。あそこで挙式して、この旅館で披露宴代わりの食事会をしたんや」

「質素な挙式やったな。僕んとこからは剃髪して尼になり墨染めの衣を着た母親と妹の志乃の二人だけ。父親は刑務所で僕たちを見守っとった。お前んとこからは母親の道世さんと妹の紗世ちゃんの二人だけ。両家とも他の親族は一人も列席してへん。仲人してくれた梅田のおばちゃん夫婦も分かっていたこととはいえ、心なし冴えない顔していたな」

「世間を引っ叩くように、強引に結婚式を挙げたので、事件を知っている人は『なんでー。加害者と被害者の子同士が結婚するなんて……考えられへん』と眉をひそめていたと思う。披露宴はなくて、この旅館で両方の家族が静かに食事したんや。知り合い同士なので顔繋ぎする必要はなかったけど、挙式だけで終わりにするのはどうかな、と梅田のおばちゃんが提案したので一緒にご飯食べようかいうことになった。新婚旅行に行ってへんので、銀婚式を盛大にして、埋め合わせしような」

「こらっ！　僕の肉取るな」

「この近江牛のステーキおいしい。なんぼでも喉通る」

「小さい頃とちょっとも変わってへんな。僕のお菓子をうまいこと言うてかっさらってたな」

「そんな言い方せんといて。返すわ」

「一旦箸しつけたもん、いらん」

「そう言うやろと思ってた。ウッシッシ」

「本真に、ちょっとも変わってへんわ。小さい頃を思い出す。二人の誕生日は一九九〇年の八月や。お前が十日早かったんや。将来を共にする運命を背負って生まれてきたんや。お父さんに聞いた話やけど、お前が三千グラムで僕は二千五百グラムやったと言うてた。児童公園で遊ぶようになった頃は、砂場でも滑り台でもブランコでもお前の尻を追いかけて走り回っていた。スコップで頭に砂をかけられて泣いて帰ったこともあった。ボール遊びしていて逸らしたら、拾ってこいと言って蹴られた。そんな関係であっても楽しかった。性格によるものだと思うけど、生育環境の違いであったかもしれん。僕は子育てに熱心なお父さんと、夫に従属しているお母さんの手で、腫れ物に触るように大事に大事に育てられた。お前は両親が共働きだったので、放ったらかしにされて野生児仕様で育ったから強かった」

「ひどい言い方するな。事実やけど、ジャングルで育ったんと違うで。親が共働きだったので仕方なかったんや。そんな中でも梅田のおばちゃんには可愛がられたし躾もされた。お母んの代役をしてもらってた」

「梅田のおばちゃんは施設で元気に暮らしているのか。仲人を買って出てくれたし、いろいろ世話になった。あのおばちゃんがいなかったら、僕らどうなっていたか分からん。近所の人たちにも助けられた。今度は僕らが助ける番や」

「忘れてへん。恩返しはする」

「僕は小さい頃からお父さんが敷いたレールに乗っかって外交官目指し走り始めたんや。けどな、あんなことをしでかして刑務所に入ってしまったので、そのレールは取り外された。現在の仕事はコンテナトレーラーのドライバーや。大阪の南港もしくは神戸フェリーターミナルと京都の間を一日一往復している。忙しいときは二往復して夜遅くまでハンドル握っている。この姿に作り替えたのはレールを失くした僕自身の判断や。導いたのも、今の姿に作り替えざるを得なくしたのも、お父さん」

「あんたは父親に翻弄された生き方を後悔するときがあるな。私も気持ちはおんなじやで。あんたのお父さんによってうちのお父んはあの世に送られたんや。こんなこと言ったらお父んが怒ると思うけど、あの世に強制的に送り込まれたために、荒んでいた家は正常になった。私は大学に入って勉強もせんと遊びまくり、当初の目的を叶えられずに結婚してしまった。今では子育てに追われる毎日や」

あんた、と呼ばれた男性はこの話になると矛先を変える。よほど避けたい話なのだ。

「お前の実家の仕事はうまくいっているのか?」

「本当は長女の私が美容室六店舗を継承して経営していかなあかん立場やったけど、あんたと結婚するため家を出ていくことになったので、妹の紗世に継がすことになった。まだお母んが元気やから経営のノウハウの特訓を受けとる。紗世は頭いいし心配してへん」

「紗世ちゃんはお前の母親の若いときにそっくりや、別嬪でモデルみたいな体形をしている。モード界の一端を担っていくには適している。佳世の妹とは思えへん」

「父親が違うのでな……。でも、紗世はこのことをまだ知らないので絶対に喋ったらあかんで。二十五歳になっとるけどウブなとこあるね。私はその歳には結婚してた」

「今から思うと紗世ちゃんに嵌められた気がする。顔を合わしたとき、お姉ちゃんどうしている、て聞いてたんやけど、男友達と旅行に行って一週間ほど経つとか、夜はどっかで泊まっているようで家に帰ってきいひんとか、不安になるようなことばっかり言ってた。薄笑いしてたので、がっちり捕まえておかんと誰かの嫁さんになるで、と嗾けられているのだと分かっていたけど、佳世のことや、突然結婚した、と言ってくる気がして焦った。これまで、とにかく話が突然なんや」

「結婚してくれ、とバラの花束持ってやってきたので、こいつこんなキザな奴だったんかと躊躇したが、私の本心を焚き付けたので受け取ってしまった。そのときからルンルン状態が続いている。波瀾万丈やったけど、今は幸せや。お腹にいる子は女の子のような気がする。名前は三美《みみ》にする。もう決めた」

「今度は男や。男なら僕が名付けることになっている。三太郎《さんたろう》にする」

「そんな古《いにしえ》の名前付けて、笑われるわ」

「お前のように上から一、二、三と単純に名を付けるよりは古風な方が風情ある。三人目が女やったら四人目つくろうか。どうしても男の子が欲しい。そうでないと家庭が女子パワーに圧倒されて身を縮めていなければならない。子供が大勢いる家庭は賑やかで楽しい」

「あんたも変わったな。子供に夢中になるなんて。京大の法科に進んで外務省に入って第二の杉原千畝を目指す、と息巻いていた頃の面影がないわ」

「あんなことがあったのでガムシャラに勉強して京大に入れた。問題はその後や。父親が刑務所に入ってしまったので学費と生活費の調達に明け暮れ、勉強どころではなくなった。母親は子供を捨てて仏門に入ってしまったし、面倒を見ると約束してくれていた祖父が病気で倒れたので窮地に追い込まれ、どうにもならなくなった。妹の志乃に高校だけは卒業させてやりたいと必死になってバイトに励んだ。頭では外交官になる夢を捨てていなかったけど、体がその日に食べるご飯を渇望してアルバイトに走らせた。生き延びることが先決やと体が教えた」

「あんたの生活が厳しくなるのは分かり切っていた。お母んは金持っとるから援助を請えと何度も言ったのに、我を張って自分で打破しようとして、結局将来の夢を棒に振ることになったんや。あんたは世間の荒波を知らない育ちやから、学業の傍らアルバイトで乗り切っていけると漠然と思ったんやろ」

「あんな状況下では自力で乗り切るよりほかなかった。トラック運転手のアルバイトで大学は何とか卒業できた。今ではよう頑張ったと自分を褒めている。妹の志乃は高校卒業後に看護学校に入った。今では結婚し、看護師として病院勤めしながら子供を育てとる。母親は手紙すら寄こしてきいひん、世間と断絶して尼寺で厳しい修行に入ってる。僕はアルバイトの続きで運送会社に就職して、運転手として生計を立てるようになった。それぞれの生きる道で前に進んでいるんやから、それでいいと思う。僕の判断は間違ってなかった」

「まあええわ。外交官になる夢を捨てた話になったら強情を張るな」

「お前も大学に入ってから夢を捨てて遊びまくってたんと違うんか。外務省に入って緒方貞子さんを目標にして頑張るとか、国際子ども平和賞の話を持ち出して自分を変革するとか、恵まれない人のためにボランティア活動するとか言っていたけど、どうなったんや。僕の前で宣言したことは必ず実行する、放言で終わらへん、と大口叩いていたけどな」

「大学に入ってから、家事に追われていた中高生のときの反動で遊びまくるようになったんや。コースの仲間たちとコンサートに行ったり、おいしいもんを食べに行ったり、パーティーを開いて深夜まで騒いだりしているうちに四年間が過ぎてしまった。大学に入った目的の一つだった国家公務員上級試験はパンフレットを貰いに行っただけで終わってしまった。しかしなあ、自分のことを棚上げするつもりはないけど、あんたが運送会社に就職すると聞いてびっくりしたなあ。こいつ苦労して京大卒業したのに何考えとんねんと頭を疑ったわ」

「運送会社の社長も、信じられへん、アルバイトと違ったんか、本気か、と何度も確認しよった。大学卒の運転手は珍しくないけど、京大のそれも法科新卒で、となると聞いたことないと言っていた。運転手になったのは、早く生活の基盤を固めて佳世を迎えたかったからや。外務省に入って在外公館に勤めるようになるまで十数年かかる。それも順調にいっての話や。公使や大使になれるかどうか分からないのに、いつまでも外交官の道に囚われていてはお前と一緒になる機会を失うと思った。お前が傍にいてくれると安心なんや。小さいときからそうやってきた」

「頼りにされるのは嬉しいけどな。私らにあんなことが起こっていなくて、夢を追う順調な日々を送っていたら、まだ結婚してなかったやろな」

「そうかもしれん。僕はどこかの国に外務省の書記官として赴任して、お前は国連職員としてボランティア活動に励んでいる、ということになるな。あんなことが起こったからすべて仕切り直しになった。その方が良かったのかどうかはこれからの生き様が答えてくれる。一旦進む道が遮断されたけれど、絆は切れていなかった」

「私ら、毎年ここに来て食事しながら同じような話を繰り返しているな」

「過ぎた日々を振り返って現在の姿を確かめ合うのは良いことや。あんなことが起こったんは忘れもしない二〇〇八年十月二十八日や。今から十五年前になる。波瀾万丈やったけど乗り切れた。佳世と結婚して良かった」

「ウッシシシ。チューしたげるわ」

「本真にお前は変わらんな。頭の神経のどこかが高校生の状態で止まっているのと違うか」

「私の遺伝子を子供らが受け継いでいくんや。楽しみや。私な、高校生のときに二人で鵜飼を見に行った帰りに、あんたの頬をバシッと叩いた感触を忘れんと大切にしている。変なことしたら、またバシッとやるかもしれんで、覚悟しときや。ウッシシシ」

完

あとがき

善悪を判断するための規範となる公衆道徳や社会の秩序、あるいは人為的につくられた法律は、社会を良くしようとする差し迫った動機があるにせよ窮屈である。拘束されるとどうしてもはみ出して快感を得たい人間が現れる。秩序を犯す、法を犯す、とは本能に従うことでもある。資質はそれぞれ違うので一律に適用すれば摩擦が発生する。個性をどこまで許容するか、その人に適合する範囲をどこまで許容するか、常に社会は問うている。家族という小集団内でもそれぞれの資質が違うためにいがみ合いはしょっちゅう起こる。家族のために自制するには限界がある。一家の凄惨な事件は起こるべき原因があったのだが、気づいてもそれを事前に解決することができなかったので世に暴かれた。一時の感情は理性を乗り越えて牙を剥く。極限まで到達した感情は規範や法律では制御できない。十四年に亘って培ってきた高志と佳世の絆は両親の凄惨な事件を乗り越えた。現代社会には二人に近い状況に陥る闇が潜んでいる。

ちょっとしたはずみで保護者が罪を犯したら、家族の生活は一変し離散する憂き目に遭う。高志と佳世が夫婦になった成因はどこに。人は何かで繋がっている。

この小説を刊行するにあたって、きっかけを作っていただいた文芸社企画部の藤田渓太さんと、誤字脱字だらけの文章を丁寧に修正していただいた編集部の伊藤ミワさんに心からお礼申し上げます。

新月　成

著者プロフィール

新月 成（しんげつ なる）

1942年（昭和17年）生まれ
京都府宇治市出身、在住
京都市立伏見高校卒業
2011年（平成23年）、小説『別涙』が宇治市主催の第21回「紫式部市民文化賞」選考委員特別賞を受賞する

あの事件を乗り越えて今がある 高志と佳世の歩み

2025年1月15日　初版第1刷発行

著　者　新月 成
発行者　瓜谷 綱延
発行所　株式会社文芸社
〒160-0022 東京都新宿区新宿1－10－1
電話 03-5369-3060（代表）
03-5369-2299（販売）

印刷所　TOPPANクロレ株式会社

ISBN978-4-286-26113-3